angel

DOROTEA DE SPIRITO

angel

MONDADORI

I versi delle canzoni riportati alle pagine 5, 288-290 sono tratti da:

James Blunt – *You're Beautiful, Back to Bedlam*, 2004, Atlantic Records.

Coldplay – *Yellow, Parachutes*, 2000, Parlophone.

Pink Floyd – *Wish You Were Here, Wish You Were Here*, 1975, Harvest Records.

Prima edizione settembre 2009
Stampato presso Mondadori Printing S.p.A.
Stabilimento N.S.M., Cles (TN)
Printed in Italy
ISBN 978-88-04-59406-2

So, so you think you can tell Heaven from Hell?

Così tu credi di poter distinguere il paradiso dall'inferno?

Pink Floyd, *Whish You Were Here*

L'amore è un demone.
L'amore desidera qualcosa di cui ha bisogno
ma che non ha ed è quindi mancanza.
L'amore è un demone.

Platone

Platone non ha mai visto un demone, questo è sicuro.

«Una via di mezzo tra il divino e l'umano», è questo ciò che pensa, anche se non l'ha mai incontrato realmente, così come non ha mai visto un angelo.

E sicuramente nessuno, né oggi né allora, ha mai visto un demone incontrare un angelo.

Platone dice che il demone è triste, povero, scalzo.

No, Platone decisamente non ha mai visto un demone.

PROLOGO

— È una bella bambina.

Il medico appoggiò la neonata tra le braccia della madre e rimase a guardarla carezzandosi la folta barba bionda.

La madre gli rivolse uno sguardo esausto e riconoscente.

— Si avvicini, non abbia paura — disse il medico rivolto al padre della nuova arrivata.

Nella stanza regnava un silenzio surreale, appena rotto dal rumore leggero della pioggia che cadeva insistente, avvolgendo ogni cosa e ogni persona.

Era il dieci giugno e malgrado il tempo splendido delle settimane precedenti pioveva intensamente dalla sera prima. Gocce sottili e fittissime, piccole come schizzi lucenti d'argento riempivano il cielo imperlato di nuvole.

— È tutta coperta di sangue — disse il padre della piccola tradendo una leggera apprensione nella voce. — Possiamo vedere… la schiena?

— Naturalmente. Giratela e guardate voi stessi.

Il dottore continuava a carezzarsi la barba dorata, osservando ora il padre, ora la giovane donna a cui teneva affettuosamente la mano.

La donna voltò dolcemente la bambina, come fosse un fragile vaso di cristallo. Quindi la sollevò per osservare da vicino.

— Non si vede niente, è tutta coperta di sangue — disse la donna.

Il padre si avvicinò allarmato, mentre il medico sbuffò un sorriso. Una bambina di pochi anni spiava dalla porta socchiusa ciò che accadeva nella stanza.

— Anche la vostra primogenita è curiosa — commentò il medico sorridendo. Ma il padre non badò a lei. C'era qualcosa di più urgente e lo fece chiaramente capire al dottore con uno sguardo insistente.

— Non abbiate paura — disse lui — è normale che sia coperta di sangue, adesso vi faccio vedere.

Il medico si avvicinò alla coppia con sicurezza, come aveva già fatto centinaia di volte con altri neogenitori apprensivi. Quindi si chinò sulla madre e sollevò dolcemente la bambina. Prima di girarla e di guardarle la schiena, le osservò il volto tutto raggrinzito e gli scappò un sorriso.

— Che c'è? Cos'ha? — chiese la madre.

— Certo che sono proprio buffi i neonati.

La calma del medico stava cominciando a irritare la giovane coppia che adesso non aveva certo voglia di chiacchierare del più e del meno.

Voleva vederle. Voleva toccarle. Voleva togliere quella patina di sangue che nascondeva ogni cosa e ammirare finalmente la schiena del loro piccolo angelo.

Ma fu proprio in quel momento che l'espressione del medico cambiò e il sorriso si spense sulle sue labbra.

— Infermiera! — urlò.

Un istante dopo una giovane donna con un lungo camice bianco era accanto a lui. E il suo volto non era meno preoccupato o meravigliato di quello del medico.

— Ma questa bambina non è un angelo?

— Sì, dovrebbe esserlo. Ma non lo è.

IL NOSTRO SEGRETO

L'ultimo giorno di vacanza non si può passare a casa. È contro le leggi non scritte dello studente. Chiudo il libro e mi butto giù dal letto.

Ravvivo la mia zazzera castana, cercando inutilmente di domare la solita ciocca ribelle. Butto all'aria un cassetto per trovare il cd dei 30 Seconds to Mars che devo riportare alla mia amica, ma qualche istante dopo rimando temporaneamente l'ardua impresa di scovarlo.

— Non fare tardi — mi raccomanda mia madre quando ho già chiuso la porta alle mie spalle.

Mi getto tra le viuzze del centro, grigie di pietre di peperino, illuminate da una calda luce che le arroventa e le fa luccicare quasi fossero bagnate dall'acqua e non dal sole estivo.

La mia città è una mezza fregatura, penso socchiudendo gli occhi al sole intenso e sbuffando leggermente. Nel senso che è una città per definizione, ma tecnicamente è poco più che un paesone.

Non ci si conosce tutti personalmente, siamo pur sempre sessantamila anime, ma se secondo una teoria accreditata per collegare una persona a qualunque altra nel mondo occorrono solo cinque intermediari, qui da noi ne basta uno, al massimo due se la prima persona è davvero molto riservata.

Come in un paese tutti sanno tutto di tutti, ma come in una metropoli se ne fregano di darti una mano se possono evitarlo.

Siamo una città antica, medievale, dicono alcuni... e sbagliano, perché in realtà le nostre radici affondano in un passato ben più remoto, quando queste terre erano abitate dagli etruschi.

Di quei tempi in cui si vaticinava il futuro e si viveva in case di tufo non è rimasto molto, solo qualche tomba rupestre e qualche affresco difficile da interpretare.

Del Medioevo ci restano invece quartieri lastricati di peperino, piazze colme di fontane di pietra scura, statue di leoni arrampicate su torri e cornici, che ti fissano, ti controllano, con i loro occhi di pietra lavica indurita dai secoli. Ti guardano arrivare, passare e andare via.

Ci sono rimaste le grandi mura. Alte, imponenti, costruite in passato per tener fuori i nemici e che oggi, forse, servono a tenere dentro noi. Per chiuderci dentro e per chiudere fuori. Perché la nostra città è chiusa verso tutto e tutti, verso le novità e i nuovi arrivati. Siamo i discendenti di una popolazione oscura e tuttora poco conosciuta, con le sue necropoli, i suoi sacerdoti e i suoi misteri. Una popolazione che custodisce gelosamente i propri segreti da millenni. Per questo ancora oggi alza gli occhi sospettosa, per questo diffida di chi non conosce.

Leggendo i testi giusti, vedendo i giusti nessi nella storia, il nostro segreto potrebbe addirittura essere svelato o perlomeno intuito.

Ma chi si cura di una piccolissima città arroccata in una valle, nascosta dai monti e dall'ombra lunga di Roma?

Viterbo vive barricata in se stessa, custodisce gelosamente i propri segreti come ha sempre fatto, ed è soddisfatta così.

La mia famiglia ne è una prova palese.

In quale altra parte del mondo potrebbe vivere allo scoperto una comunità di angeli?

Gli abitanti ci rispettano, forse un tempo ci hanno temuti, ma ora onorano il fatto che malgrado la nostra condizione particolare, il nostro sangue e le nostre ali (o quel che ne è rimasto), abbiamo visto nascere questa città, siamo testimoni della loro storia e siamo cresciuti con i loro antenati. A questi luoghi e a queste persone siamo legati da vincoli millenari di amicizia e rispetto che nessuno ha intenzione di sciogliere.

Ecco perché questo buco di città, un po' grigia in inverno, un po' stretta se hai sedici anni (e tanta voglia di conoscere il mondo), è l'unico luogo dove quelli come i miei familiari hanno potuto insediarsi e vivere.

Come i miei familiari, sottolineo, ma non come me.

La mia famiglia discende da un'antichissima stirpe di angeli e tutti i suoi componenti, con un'unica eccezione, sono perfetti.

Mio padre è un angelo, mia madre è un angelo, mia sorella Elena è un angelo; tutti belli come pitture rinascimentali, tutti visi botticelliani, tutti biondi come il grano in giugno. Tutti con le ali.

Tutti tranne me.

Io sono la secondogenita, non ho ali e inciampo tre volte in due passi; magari con grazia, per quanto si possa finire a gambe all'aria in modo aggraziato... sempre di ruzzoloni si tratta.

Mia sorella era presente al lieto evento della mia nascita. Indossava uno di quegli adorabili completini confettosi che i genitori ti infilano a tradimento prima che tu raggiunga l'età della ragione e possa strapparteli via di dosso.

Era presente, quindi, con il suo abitino azzurro caramella e i bei capelli biondi, fili d'oro sciolti sulle spallucce da cui già si affacciavano le prime tenere promettenti piumette... Lei, testimone silenziosa della perfezione genetica ereditata dai nostri genitori.

Immaginate quindi lo stupore quando ho emesso il mio primo vagito.

Forse un giorno qualcuno riuscirà a spiegarmi cosa è accaduto di preciso, cosa c'era nell'aria oltre alla pioggia sottile. Forse nulla di particolare, in realtà.

Non si sceglie dove, da chi e soprattutto *come* nascere.

È strano essere senza ali in una famiglia di angeli.

È strano essere bruna in una famiglia di chiome dorate.

È strano essere l'unica rosa rossa sbocciata in un campo di rose bianche.

È strano come ti guardano le altre rose.

Lo scherzo della natura.

La pecora nera.

Certo le pecorelle bianche del gregge se ne sono dovute fare una ragione, che io sia figlia dei miei genitori è palese: ho gli occhi grandi di mia madre – verdi però, non blu intenso – e lo stesso arco sottile delle sopracciglia di papà. E le labbra a bocciolo, calco perfetto di quelle di mia sorella Elena. È da escludersi quindi un eventuale scambio di neonati in ospedale, a opera di una distratta infermiera esausta dopo un lungo turno di ventiquattro ore.

Forse il resto del candido gregge avrebbe preferito potersi attaccare a questa teoria, o forse no... Non so cosa sia meglio in una piccola città come la mia.

— Ciao, Vittoria.

Una signora mi saluta mentre cammino lungo le strade del centro storico.

Sembrerebbe di stare ancora nel Medioevo, se non fosse per qualche auto parcheggiata ai margini delle viuzze, o per le vetrine illuminate dei negozi che testimoniano l'avvento della modernità.

La gente che incrocio mi saluta, è sempre così qui da noi: due passi e una parola.

Rimbalzo alla meglio sugli sconnessi e insidiosi sanpietrini con le mie Converse, metto le mani nelle tasche della mia felpa blu, ondeggio, conquisto un brandello di stabilità.

Attraverso una piazza ed eccomi arrivata.

ANGELI COME LORO

Lorenzo è il mio migliore amico, siamo cresciuti insieme, ci conosciamo da quando io avevo i codini castani e lui già una chioma biondo oro da far invidia al sole.

Suono il citofono. Nessuna risposta.

È tipico: starà ancora sotto la doccia o magari ad asciugarsi i capelli col phon.

Mi attacco al campanello, con due dita.

Vediamo se ora sente.

Un buon minuto dopo, mi risponde.

— Ciao, Vichi! Dai, sali.

Stacco le dita dal pulsante, sa riconoscere la mia scampanellata.

La casa di Lorenzo mi piace, specialmente perché, malgrado abbia una famiglia numerosa, o non c'è mai nessuno o chi c'è ci lascia semplicemente in pace.

Apre la porta con i ciuffi biondi ancora umidi.

— Scusa, mi stavo asciugando.

Naturalmente.

— Fa niente, lo immaginavo.

Lorenzo è il mio vero fratello, anche se appartiene a un'altra famiglia. Considero molto più fratello lui di quanto "senta" Elena una sorella. Lui c'è sempre e c'è sempre stato nella mia vita, non ho ricordi che non siano legati a lui, in un modo o nell'altro. Lore è la parte razionale che mi dice quando esagero e allo stesso tempo è la vena di divertente follia che riesce sempre a tirarmi su il morale. Non serve neanche parlare troppo: se uno dei due sta male l'altro lo sente, lo vede, chiede e consiglia se necessario, oppure ascolta e basta, sapendo dosare i silenzi.

Questo è il bello tra noi.

Andiamo in camera sua, e mentre lui finisce di prepararsi io mi butto sul puff azzurro.

— Un giorno questo coso mi inghiottirà — dico preoccupata, mentre vengo inglobata dall'imbottitura budinosa della poltrona.

— Sì, sto cercando di insegnarglielo, ma non è molto obbediente!

Scoppio a ridere e sprofondo dentro a questa trappola di gommapiuma così straordinariamente comoda.

— Dammi una mano, non riesco più a uscire!

— La tentazione di lasciarti al tuo destino è forte — ribatte lui ridendo.

Mi prende per un braccio e mi tira fuori dal sadico puff.

Quant'è alto rispetto a me, Lorenzo; è proprio l'angelo perfetto: slanciato, biondissimo, occhi chiari tra il verde acqua e l'azzurro. Ali. Ora non sono aperte, e in realtà non sono nemmeno chiuse. Gli angeli come noi, pardon, come loro (quelli con tutti i pezzi al posto giusto), non se ne vanno in giro con le piume in bella vista. Anche per questo non è così difficile sembrare "normali" quando ce n'è bisogno.

— Allora che si fa? — mi chiede. — È l'ultimo giorno di vacanza, dovrebbe essere speciale.

— Lo so, lo so... qualche idea?

— Potremmo prendere un treno e fare un giro da qualche parte. La città non offre un granché...

— Magari a Roma, ma è troppo tardi per andarci in giornata.

— Hai ragione, allora potremmo andare a...

Rimaniamo per qualche istante con la testa per aria in cerca di ispirazione, finché non è chiaro a entrambi che non ci restano molte alternative.

— Andiamo a svegliare Ginevra? — propongo.

— Ottima idea.

Ginevra è la mia migliore amica, ed è la ragazza di Lorenzo. Stanno insieme da quasi due anni ma la situazione è più complicata di quanto dovrebbe essere.

Ginevra non è un angelo, è umana.

Questa cosa è stupida, sciocca e arcaica, molto arcaica, ma gli angeli non possono avere relazioni sentimentali con i non-angeli; è una regola.

Ginevra e Lorenzo sono coraggiosi e ignorano i commenti poco carini, le occhiate di disapprovazione che a volte ricevono. Sono molto, molto forti e ammirevoli, tuttavia, anche se tutti sono al corrente della loro relazione, devono fare attenzione a come si muovono.

Mi piange il cuore ogni volta che passeggiamo insieme e vedo le loro dita sfiorarsi appena, desiderose di stringersi, per poi allontanarsi all'improvviso temendo il giudizio di qualche conoscente.

Scendiamo la scalinata interna dell'antico palazzo e incrociamo una coppia di angeli che si baciano appoggiati a una colonna.

Lorenzo li guarda con invidia.

— Sai cosa succederebbe se io e Ginevra facessimo una cosa del genere? — chiede, scuotendo la testa mestamente.

— È probabile che verreste cacciati dal paese.

— Solo? Secondo me ci chiuderebbero in una gabbia e ci appenderebbero in piazza.

Sta scherzando, o meglio, cerca di scherzarci su. La verità è che ci soffre parecchio, anche se non lo vuole far vedere. E anche se nessuno si sognerebbe di appenderli in piazza, di certo la cosa non rimarrebbe senza conseguenze.

Usciamo dal portone e veniamo investiti dalla luce del sole.

I raggi dorati si tuffano avidi sulla chioma chiarissima di Lorenzo, ci giocano, si perdono e si inseguono, facendo brillare le ciocche come broccato.

Il quartiere trema, quando il mio amico esce in una giornata di sole, tutta la città trema e io rido, perché dopo tutti questi anni ancora non si è abituata alla sua bellezza abbagliante.

Ma in fondo va bene così, perché se la gente è troppo impegnata a evitare un palo della luce dopo che si è fatta distrarre dalla sua chioma, non fa poi tanto caso alla mia zazzera castana, a cui allo stesso modo non si è ancora abituata.

— Le regole prima o poi cambiano — dico io per rasserenarlo. Lui sa a cosa mi riferisco.

— Già, è quello che spero — sospira, ma senza convinzione.

È una regola vecchia come queste strade, ma no, di più: come i blocchi di tufo della necropoli. Andiamo in giro con i jeans, il cellulare e l'iPod in tasca e dobbiamo ancora piegarci a questa specie di segregazione? È assurdo.

E poi, soprattutto, visto che questa regola in qualche modo riguarda anche me, quale dovrebbe essere la mia situazione? Io, angelo senza ali, con chi potrò mai avere un legame sentimentale? Con una scarpiera?

Mistero.

Preferisco non pensarci.

Camminiamo lungo le strade e in pochi minuti giungiamo a destinazione.

Ginevra vive in un palazzo nel centro storico con una splendida terrazza in pietra che domina i tetti e la valle circostante. La veduta giunge fino alla campagna che, da quel lato, cinge Viterbo appena oltre il nastro di mura.

Sua madre ci accoglie sulla porta e ci informa che Ginevra sta ancora dormendo.

Non è una novità. Anche io sono pigra, molto pigra, ma Ginevra mi batte alla grande.

— Andate pure a svegliarla — ci dice sua madre facendoci entrare. — Chissà che voi non riusciate a tirarla giù dal letto.

Da tempo ha smesso di ingegnarsi per trovare il modo di svegliare la figlia a un'ora decente.

Entriamo nella sua stanza, immersa nella penombra. Vado verso la finestra e apro le veneziane, molto lentamente. Faccio entrare due raggi di luce, la stanza si rischiara appena.

Lorenzo si siede sul letto, piano.

Le dà un bacio sulla fronte.

Ginevra si muove appena, apre gli occhi al dolce risveglio.

— Amore... — sussurra lei stropicciandosi le palpebre — stavo facendo un sogno assurdo. C'eri tu e...

Il suo sguardo in quel momento si posa su di me.

— ... c'era anche Vittoria... oh cavolo, forse sto ancora sognando.

— No, non stai sognando! — esclamo ridendo. — Ma di sicuro stai ancora dormendo.

Anche Lorenzo scoppia a ridere e Ginevra si guarda attorno disorientata.

— Io vado in terrazza — dico a quel punto uscendo dalla stanza. — Voi raccontatevi tutti i vostri sogni, vi aspetto fuori.

La terrazza di Ginevra è piena di vasi di coccio enormi, colmi di fiori, di piante che si arrampicano lungo il muro antico, si intrecciano sul pergolato di legno, cadono a goccia, a ghirlande morbide e profumate.

Questo è il nostro giardino privato. Il nostro ritaglio di verde e di colore in una città bella ma scolpita nella roccia.

Mi lascio cadere sul dondolo di legno e chiudo gli occhi, facendomi cullare dal vento. Il profumo dolce dei fiori mi riempie le narici e per un momento mi dimentico di dove sono. Apro le palpebre e getto uno sguardo al cielo azzurro, pieno, intenso, tipico dell'estate, con poche soffici nuvole bianche come grandi batuffoli di ovatta vaporosa. Da quassù il cielo sembra molto più vicino che la strada, e non posso fare a meno di chiedermi ancora una volta quale sia il mio posto tra questi due estremi.

— Ciao, angioletto! — Ginevra mi saluta dalla finestra del terrazzo.

Mi chiama sempre così, anche se sa che non mi fa impazzire. Ormai ho smesso di farglielo notare.

— Buongiorno, amica in vena di ironia.

Lei ride e mi viene incontro. — Avete già fatto colazione?

— Ma hai visto che ore sono?

Lei controlla l'orologio e spalanca gli occhi stupita.

— Ho dormito un po'... — dice, sorridendo. — Vado a prendere il caffè, torno subito.

Ginevra sparisce oltre la tenda di stoffa che copre l'incavo della porta.

Lore si accomoda su una sedia, chiude gli occhi e si fa baciare dal sole ancora estivo, caldo e luminoso, quel sole che tra qualche giorno guarderemo colmi di nostalgia, dalle finestre della scuola.

— A cosa pensi? — mi domanda.

Non mi ci abituerò mai: è capace di sentire i miei pensieri o le mie tensioni a distanza, anche a occhi chiusi.

— A tante cose... — rispondo piano. Con lo sguardo continuo a inseguire i contorni delle nuvole.

— Ti ci senti mai un po' stretto in questa città? — gli chiedo poi, tirando le fila dei miei pensieri.

— Vuoi che andiamo a Roma prima che finisca l'estate?

— Non si risponde a una domanda con un'altra domanda. E comunque sì, sarebbe una bella idea.

— A volte.

— Che cosa?

— A volte mi ci sento stretto, altre no.

— Bella risposta...

Ginevra compare sulla porta del terrazzo con un vassoio tra le mani.

— I miei biscotti però li dovete assaggiare. Li ho fatti ieri sera!

Io e Lorenzo incrociamo lo sguardo per un istante, cercando di nascondere lo sconforto.

I biscotti di Ginevra, al primo posto tra i suoi "indimenticabili" esperimenti culinari: capaci di essere bruciati fuori e crudi dentro. Scommetto che se li avesse lasciati in cucina, sul vassoio, si sarebbero buttati nel cestino da soli.

Ne assaggio uno ma solo per farla felice.

— Tesoro, lo sai che ti voglio bene...
— Cos'è, non ti piacciono?
— No, no, mi piacciono, è che...
— Ieri ho provato una nuova ricetta, la devo solo perfezionare! — trilla lei contenta. E io non ho il cuore di deluderla.
— Sono ottimi, davvero.
Che danni può mai fare una piccola bugia?

BELLO DA FAR MALE

Perché? Dico io, perché?

Perché la vita non scorre mai semplice e tranquilla?

Perché si deve sempre ingarbugliare?

Non lo capisco, giuro, è più forte di me.

Me ne sto qui, in sella al motorino cercando di non cadere. Cercando, illusa, di ritrovare il baricentro per non finire spalmata sui sanpietrini della piazza. Tengo a bada in contemporanea me stessa, il mio mezzo che non collabora, il gas che non riesco a regolare, una fastidiosa nausea dovuta ai biscotti di Ginevra e anche un gatto, che si diverte molto a guardarmi in difficoltà, dall'alto di un balcone. Procedo alla meglio facendo l'equilibrista e maledicendo le carenti doti culinarie della mia amica del cuore, ma procedo per la mia strada. Quella di sempre: di pietra, insidiosa ma conosciuta... la strada di casa, sempre uguale, un tassello della mia vita. Non potrei smarrirla nemmeno con una benda sugli occhi.

E proprio dove non sospetterei mai, in un luogo conosciuto e familiare, dove non c'è spazio per le sorprese, qui il destino mi fa uno sgambetto. E dietro la solita curva, mescola le carte.

Quasi sbando, le ruote stridono, il motorino si inclina e io lo accompagno, cercando di non cadere. Il manubrio regge, e io quasi investo...

Lui.

Avete mai visto il sole nascere sull'acqua? È uno spettacolo bellissimo, ogni raggio ti invita a fissare un po' di più quella luce rossa come il sangue. Ma se ti ci soffermi più del dovuto, può diventare pericoloso: mentre gli occhi bramano la bellezza sconsiderata di ciò che vedi, la ragione ti avvisa del rischio che lo sguardo bruci in quella luce.

Così è lui.

Seduto a gambe incrociate su una panchina, legge un libro e alza appena la testa, incurante del fatto che una schizzata coi capelli dritti dallo spavento e il suo motorino lo hanno evitato per un soffio.

Alza un sopracciglio, adorno di un piercing d'argento, impassibile.

Sembra una statua, forse lo è e io sono sotto l'effetto allucinogeno causato dai biscotti di Ginevra, dal caldo, dalla paura o da tutte queste cose insieme.

Non si muove di una virgola e neanche io.

Non ride, non urla, ma chi è? E da dove salta fuori?

Deve essere un turista.

Ha la pelle perfetta, come seta lucida.

Capelli biondi, biondissimi, un biondo quasi innaturale e splendido, non credevo esistesse un colore così. I tratti del viso sono dolci, delicati, disegnati con un carboncino sulla tela: gli zigomi scolpiti, le labbra protese quasi in un leggero e perenne broncio.

In quel momento i suoi occhi scivolano delicati nei miei. Sono profondi, pozzi di buio aperti. Neri, belli da fare male.

Scappa.

Un imperativo risuona nel mio cervello, neanche fossi di fronte al peggiore degli assassini con un coltello proprio sotto la mia gola e non davanti al ragazzo più bello che abbia mai visto.

Scappa. Subito!

Il turista bello come una rosa del deserto continua a guardarmi.

Solo ora realizzo la situazione.

Io.

Che l'ho quasi investito.

Ferma dietro al motorino rovesciato a terra, il manubrio ancora stretto tra le mani.

Che lo fisso come un'imbecille...

Tiro su il motorino, lo riaccendo e schizzo via in un secondo.

Percorro qualche chilometro e poi mi fermo. Anche perché, presa dall'imbarazzo, ho imboccato la strada sbagliata.

Faccio inversione e torno sui miei passi.

Spero almeno che lui non sia straniero, anche se l'idea di essere insultata in una lingua che non conosco mi sembra più sopportabile.

Torno alla panchina. Spengo il motore e mi guardo intorno, stupita.

Sparito.

Sulla strada di casa continuo a interrogarmi sull'identità di questo ragazzo misterioso.

Ma sì, penso, sarà un turista. E chi altro se no? Oggi pomeriggio risalirà sul suo pullman luccicante insieme alla sua comitiva e non lo rivedrò mai più.

Se ne andrà col suo viso bello da far paura, se ne andrà da qui, come fanno tutti.

COME LORO NON SARAI MAI

Domani ricomincia la scuola. E io non ho neanche aperto il libro di filosofia. Ma adesso non mi importa.

Mi ficco gli auricolari nelle orecchie e accendo l'iPod.

La musica, medicina e veleno dell'uomo, ma soprattutto fidata compagna di vita.

Alzo il volume e ascolto il mio gruppo preferito, mi lascio accarezzare e coccolare dalle note conosciute e dalla voce tanto amata.

Così forse non penserò, né alla filosofia né ad altro.

A volte pensare per me è qualcosa di profondamente doloroso. E oggi è una delle mie giornate no. Non è successo nulla di particolare, se escludiamo la scomparsa del cd dei My Chemical Romance, che temo sia sparito per sempre. È semplicemente uno di quei giorni in cui il mondo gira male, quantomeno il mio, e io lo guardo da lontano, sentendomi un'estranea.

Un'estranea in mezzo a un mondo di uguali.

Quello che faccio, tutto quello che mi accade, mi ricorda che io sono diversa. Ogni piccolo episodio, ogni parola, è come un urlo che squarcia il silenzio e che ribadisce la mia diversità. Un urlo crudele che mi ripete continuamente: ti mancherà sempre qualcosa. E come loro, non sarai mai.

Oggi a pranzo, per esempio: mio padre aveva perso la sua agenda e dopo un po' l'ha ritrovata Elena, sotto una pila di carte sparse sul tavolo, mentre lui la cercava invano e la mamma era in cucina a preparare il pranzo.

— Era sotto i fogli accanto al raccoglitore, papi — gli ha detto, porgendogliela.

Lui l'ha presa, battendosi la mano sulla fronte ornata di ciuffi biondi.

— Ma certo, che scemo! L'avevo messa lì prima...

Quindi si è avvicinato a Elena e le ha accarezzato la testa e la guancia, quasi fosse ancora una bimba.

— Grazie, angelo mio — le ha sussurrato.

La mamma si è girata a guardarli, sorridendo, con un'espressione serena e amorevole.

Sembravano appena usciti da una pubblicità. Erano perfetti, bellissimi, affettati...

Io ero sulla porta a guardare questa commovente scena di intimità familiare.

Da fuori.

Io non ne facevo parte.

Ero sotto l'arco della porta. Ai confini della stanza. Ai confini della loro vita. Come un ospite indesiderato che guarda dal buco della serratura un mondo e una vita di cui non fa parte e in cui non si riconosce.

Sospiro mettendo una canzone più romantica, che possa consolarmi, chiudo gli occhi e mi vedo, presa per mano dalla melodia, abbracciata da mille note di chitarra e di basso.

In quell'istante di pace mia sorella irrompe nella stanza come una furia. Spalanco gli occhi spaventata e lei urla qualcosa che non sento.

— Eh? Cosa?

Mi strappa gli auricolari.

— Ehi! Ma che fai? — protesto.

— Quante volte ti ho detto che non devi prendere le mie cose? Sei la solita casinista, e ora io sono in ritardo!

Si mette a rovistare tra i miei cassetti.

— Ma che cavolo dici? Io non ho preso niente di tuo!

Continua a buttare all'aria le mie cose, aumentando, se possibile, il caos che regna nella stanza.

— Elena, ma dico, piantala! Che accidenti cerchi? Smettila subito, io non prendo mai le tue cose!

— Sì, come no, il mio caricabatterie non l'ho visto per tre settimane prima che tu me lo restituissi.

— Ma te l'avevo chiesto! Fermati, ascolta...

Mi piomba in faccia una felpa, direttamente dall'armadio, che mia sorella sta smontando come fosse uno scaffale dell'Ikea. Ora mi arrabbio.

— Senti, potrei almeno sapere cosa stai cercando? — chiedo educatamente da sotto i tre strati di vestiti che ormai mi ricoprono.

— I miei jeans bianchi con le tasche.

Adesso la gonfio.

— Ah, ecco — dico invece in tono molto calmo. — Quelli che non metterei mai neanche sotto tortura e che soprattutto sono in bella vista nella cesta dei panni da stirare da almeno quattro giorni.

La pioggia di vestiti si interrompe.

L'angelo biondo con cui mio malgrado condivido l'esistenza mi guarda.

— Potevi dirlo prima.

— Potevi chiedere!

— Calmati ora.

— Calmarmi, io?! Sei tu che dai di matto per ogni sciocchezza, un angelo che si comporta da demone, ecco cosa sei!

Si irrigidisce, stringe le labbra in una smorfia di stizza.

— Sei una stupida. Su certe cose non si scherza.

Esce sbattendo la porta, amareggiata più che arrabbiata. Io non capisco, cosa ho detto di così letale, di così tremendo?

— Elena, cosa ho detto di male?

Apro la porta e la inseguo per il corridoio, inciampo in un vaso (troppi vasi in questa casa).

— Rispondimi, che cosa ho detto?

— Niente, niente.

Si passa una mano tra i capelli biondo grano. Vuole liquidarmi, ma io continuo a seguirla.

— Elena, dimmelo.

— È inutile. Tanto non capiresti!

Mi fermo.

Una bastonata tra capo e collo. Lei sa che peso hanno queste parole su di me. E sa bene come approfittarne.

Abbasso la testa e torno sui miei passi.

Mi chiudo in camera.

Gli occhi bruciano.

E le mani.

E la testa.

E le labbra.

E i pensieri.

Io non capirei. Io non posso capire.

Quante volte ho sentito questa frase?

La prima volta, avrò avuto sei o sette anni.

— Mamma, perché voi avete le ali? — chiesi un giorno. Lei era appena uscita dalla doccia e io osservavo la sua schiena nuda, così diversa dalla mia.

— È una storia lunga e complicata, tesoro. Non la capiresti.

— Papi perché le vostre ferite guariscono subito? — domandai una sera. Ero caduta dalla bicicletta e lui mi stava disinfettando il ginocchio.

— Oh, piccola, è troppo difficile da spiegare, non capiresti.

Troppe volte, ormai ho perso il conto.

Ma ogni volta mi ricorda che io non sono come loro. Che la mia storia è un'altra.

ESPRIMI UN DESIDERIO

Sono con Ginevra nella piazza con la fontana per l'ultima sera di libertà. La piazza si trova vicino a casa sua, ed è lì che ci diamo sempre appuntamento prima di cena. Lei fuma l'ultima sigaretta dell'estate.

Inspira il fumo, chiacchiera e crea ghirigori nella luce smorzata e morbida delle sette e cinquanta.

— Vuoi un tiro? — mi chiede, anche se conosce già la risposta.

— Preferisco il cioccolato.

Ginevra ridacchia. Una volta abbiamo litigato perché io le dicevo che fumare era una cosa stupida, mentre lei sosteneva che fosse un vizio come un altro, come il cioccolato, per esempio... Da lì la mia risposta che è passata alla storia. Ogni volta che qualcuno mi offre una sigaretta, dico semplicemente: "Preferisco il cioccolato."

La punta di cenere luccica nel buio. Ormai le giornate si sono accorciate e alle otto i lampioni per strada sono già accesi.

All'improvviso Ginevra mi fissa negli occhi e scuote la testa, e io so che c'è dentro un pensiero pronto a saltar fuori.

— Dai, dimmi — la incoraggio, pronta a tutto.

— Tu sei unica.

Sorrido, un po' spiazzata da questo complimento, che purtroppo però mi suscita anche altri pensieri. Tu sei unica, l'unica senza ali.

— In che senso? — le chiedo.

— Il pericolo tu lo eviti in ogni sua forma, anche la più... innocente.

— Ah, parli del fumo.

— Non solo, tu non corri mai un rischio.

— Forse ho dei geni particolari. E le cose pericolose non mi attirano proprio!

La sigaretta brilla ancora, piccola lucciola velenosa.

— È così — aggiungo con convinzione. — Ho uno spiccato istinto di autoconservazione, non mi piacerà mai qualcosa di dannoso!

Ridiamo, serene, oggi il nostro problema più grande è il pensiero che domattina la sveglia tornerà a suonare alle sette.

— Sì, deve essere proprio così.

Ginevra finisce di fumare, la brace tremante si spegne.

— Così domani ricomincia l'inferno, eh? — mi chiede, prendendo una gomma dalla borsa.

— È una domanda retorica?

— A meno che tu non abbia altri programmi, sì — ribatte lei lasciandosi andare a un sospiro.

— Tipo scappare di casa e andare a lavorare al circo?

— È una possibilità — dice, ridendo. Poi continua: — Quest'anno voglio che sia diverso.

— Vuoi ridipingere le pareti delle aule? Non ti entusiasma più il verde manicomio?

Ridiamo insieme.

— Vorrei che fosse un bell'anno, non che quello passato sia stato brutto... magari sono solo discorsi del cavolo che si fanno la sera prima di ricominciare la scuola, un po' come a Capodanno con i buoni propositi per l'anno nuovo. — Si guarda la punta delle ballerine nere pensosa.

— Questa è un'idea! — esclamo io.

— Quale?

— La tua, scema: è la vigilia di un nuovo anno scolastico, facciamo un elenco di buoni propositi.

— Stavo proprio dicendo che i propositi non servono a niente e che... va be', tanto non abbiamo nulla di meglio da fare. Vediamo, comincio io... — continua la mia amica. — Voglio dire alla Callisti cosa penso davvero di lei.

La Callisti è la prof più temuta dell'istituto.

— Ti piace scherzare col fuoco, eh? Però ti conviene aspettare l'ultimo giorno di scuola, prima delle prossime vacanze estive, così avrà tre mesi per dimenticarselo e forse non ti boccerà. Poi?

— Poi... vediamo... Ecco, voglio attaccare al muro Lavinia! — continua lei.

— E questi sarebbero i buoni propositi?

Ginevra continua a elencare i suoi più o meno buoni propositi, e noi seguitiamo a chiacchierare e a ridere. A un tratto però si ferma, lo sguardo fisso all'orizzonte. Il bagliore aureo del crepuscolo le illumina il viso e le addolcisce lo sguardo castano scuro, rendendolo tenue e mielato.

— L'ultimo raggio di sole — sussurra, come presa da altri pensieri.

Guardo nella sua direzione e vedo che ha ragione.

Oh, no.

Non posso fare a meno di pensarci.

No, no, no, no.

Che tristezza.

L'estate è proprio finita, l'ultimo raggio di sole si sta spegnendo, portandosi via la nostra libertà... I nostri giri in motorino per il quartiere San Pellegrino alle due di notte, i pomeriggi a camminare senza meta fino a sentire male ai piedi, i giorni al lago, le sigarette fumate sul tetto e sulla spiaggia e soprattutto le notti d'estate, illuminate di stelle che non si contano, con la sabbia negli occhi e l'umidità nei capelli. Le nostre serate passate a ballare, che ti diverti anche se non sei capace e saltelli come un pollo di gomma in pista, e poi il ritorno a casa a piedi, con i sandali tacco dodici in mano, cantando a squarciagola le canzoni delle suonerie del cellulare... E se domani non ti reggi in piedi chi se ne frega.

L'estate, la stagione più bella di tutte.

Finisce.

— Esprimi un desiderio. — Sussurra la mia amica prima che l'ultimo raggio sparisca dietro la collina.

— Come?

— Esprimi un desiderio, prima che l'ultimo raggio di sole si spenga, si dice che si avvererà.

— È una leggenda? — chiedo scettica.

— Se anche fosse...

Okay, un desiderio lo posso trovare.

Fisso lo sguardo su quella luce dorata sempre più fievole.

Lascio che invada le mie pupille, le lascio bruciare il mio sguardo.

Desidero innamorarmi.

Sole, ultimo raggio di estate, non ti chiedo una cotta, non ti chiedo un'infatuazione, ti chiedo l'amore, quello vero.

Quello con la A maiuscola, quello che devo ancora capire se davvero esiste e che temo di non trovare mai.

Quello che non ti fa dormire la notte, che non ti fa ragionare di giorno, che ti rende schiavo e felice.

Che dà una forma ai tuoi sogni e ti fa credere di poterli toccare.

Che ti fa contare le stelle una per una e poi perdere distrattamente il conto.

Che ti fa odiare l'odio.

E tanto più ne hai, più ne desideri.

Guardo Ginevra, trasfigurata nell'arancione del tramonto che ci sta cadendo addosso, e penso a lei e a Lorenzo: due parti che compongono una sola figura, anime che si completano a vicenda, questo desidero.

Esiste su questa terra la mia metà? Il riflesso di un angelo senza ali, qualcuno abbastanza forte da sopportarmi, abbastanza paziente da comprendermi, esiste? Se esiste lo voglio incontrare.

L'ultimo raggio scompare, l'ultimo giorno d'estate muore.

— Oddio, è tardi... — dico svogliata, tornando alla realtà.

Realizzo che sono le otto, devo scappare a casa, altrimenti è la fine. I miei non ammettono ritardi e mia sorella è sempre puntuale.

Scatto in piedi come una molla.

— Domani andiamo a scuola insieme? — mi chiede Ginevra.

— Certo — dico.

— Allora ti passo a prendere.

— Okay, ora vado, anzi, corro!

— Vola! — mi grida dietro.

Che ironia! Ma riesce a strapparmi un sorriso. — A domani.

— A domani, angioletto.

E corro, corro, corro.

Corro, per le vie della città.

Corro e non vedo niente, solo la strada davanti a me, che si incrocia, si accavalla.

Corro e non sento niente, a malapena le pietre sotto le mie scarpe, l'aria sul mio viso.

Corro e non penso a niente.

E di certo non penso a quello che ho appena desiderato.

Peccato, forse mi sarei ricordata di una bella frase che ho letto una volta, tanto tempo fa:

Fai attenzione a ciò che desideri, potresti ottenerlo. E dovrai accettarne le conseguenze.

Sono quasi arrivata, la sgridata forse la evito. Rallento e mi appoggio a un lampione per riprendere fiato. Respiro a grandi boccate l'aria fresca della sera, profumata e umida.

Ed è attorno a quel lampione che accade qualcosa di strano.

Un rumore. Alzo lo sguardo e per un attimo mi sembra di intravedere un'ombra nera. Rimango ferma in attesa un istante, ma non sento né vedo più nulla. Quindi decido di non indugiare oltre, visto il ritardo, e corro via.

E così non li sento, su di me, quegli occhi. Non li sento trafiggermi da parte a parte, come una radiografia. Non li sento, bruciare nei miei come la prima volta che li ho visti, e forse è un bene. Perché non avrei saputo come reagire.

Non vedo il piercing d'argento che è incastonato su quel sopracciglio dorato.

Non sento quel respiro caldo così vicino al mio viso.

E soprattutto non vedo quel volto, protetto dall'ombra del cappuccio della felpa.

È un bene, perché mi avrebbe spaventato, gettandomi in balia di emozioni contrastanti.

Codardia. Per non avergli chiesto scusa di averlo quasi investito.

Stupore. Perché credevo se ne fosse andato, o addirittura che non fosse mai arrivato, di essermelo solo immaginato.

Paura. Perché nonostante tutto mi spavento facilmente e le cose sconosciute, anche se belle, mi inquietano.

È un bene che questo lampione non rischiari abbastanza, è un bene che io sia già arrivata a casa.

Apro il pesante portone e me lo chiudo alle spalle, lasciandomi dietro la strada, la sera e quegli occhi indiscreti, bellissimi. Predatori.

IL PASSATO È PASSATO

Sto volando, volo felice sopra gli alberi, mi alzo leggera verso le nuvole. Attorno a me ci sono molti altri angeli con le ali spiegate. Quando mi incrociano mi salutano con un sorriso e un cenno del capo. Volo su e giù divertendomi a fare capriole nel cielo. All'improvviso mi trovo il sole in faccia. Cerco di coprirmi gli occhi ma sembra che non serva a niente.

— Sveglia, dormigliona! — urla mia madre.

Apro gli occhi e vedo le tapparelle alzate e il sole che filtra attraverso la finestra.

Era solo un sogno.

Ho venti minuti per prepararmi.

Saltello con i jeans infilati per metà, agguanto le scarpe, butto all'aria l'armadio, trovo la maglietta e il giubbotto, mi precipito in bagno, sempre con i jeans su per metà, mi spazzolo frenetica i capelli, che in parte restano "effetto cuscino spiaccicato". E in cinque minuti sono "pronta", se così si può dire...

Ginevra passa a prendermi con la macchinetta, sacro mezzo che ci ha accompagnato in pazzesche scorribande, anche più del mio motorino.

Si immette nel traffico delle otto del mattino a quarantacinque chilometri orari, il massimo che il motore possa reggere.

— Mi sembra ieri che facevo questa strada... — dice la mia amica con un sospiro, lasciando la frase in sospeso. — Perché le vacanze passano così in fretta?

— Perché così quando finiscono cominci già ad aspettare le prossime.

— Giusto! Dove andiamo per Natale? E a Carnevale? E a Pasqua che facciamo?

Scoppiamo a ridere, mentre la carretta scivola lentamente in mezzo al traffico.

— Oh cavolo, ci voleva anche la coda. Arriveremo in ritardo! — esclama Ginevra sbuffando.

Mi viene in mente il sogno che ho fatto questa notte, quando volavo in alto nel cielo. Per un attimo riprovo quella sensazione di leggerezza e istintivamente chiudo gli occhi.

— Che fai, ti rimetti a dormire?

— No, pensavo a un sogno che ho fatto. Avevo le ali e volavo. Cioè, tutti avevano le ali.

Lei mi guarda per qualche secondo e so già che sta per sparare la solita domanda.

— Ma tu pensi che sia veramente impossibile volare? Intendo, per un angelo.

— Ancora con questa storia? Te l'ho già spiegato, te lo dice sempre anche Lorenzo, tirare fuori le ali non è cosa da poco, se così non fosse ce ne andremmo tutti in giro svolazzando e tanti saluti ad auto, moto e muscoli delle gambe.

— Sì, sì, lo so, ma mi sembra così strano. Del resto in passato…

— Il passato è passato.

Le cose stanno così, infatti. La nostra specie si sta indebolendo, e non ci vuole un genio per capirlo. Sono passati troppi anni, troppe generazioni ci dividono dai nostri antenati davvero potenti. Non siamo altro che un ricordo sbiadito e fragile delle grandi potenze che sono esistite, creature invincibili, capaci di guarire ogni tipo di disagio fisico e non solo le ferite più superficiali, ma soprattutto capaci di tirare fuori le ali sulla schiena in un secondo e senza tutto questo sforzo, questo dolore che causa adesso.

E più sei giovane più sofferenza ti provoca.

Più vorresti avere le tue ali, più sono ampi i rivoli di sangue che te le imbrattano quando riesci a estrarle. Il dolore che ti brucia la schiena è lancinante, ti parte dritto dal cuore e spacca la pelle. E le cicatrici che ti rimangono nella carne quando le ali si ripiegano sono profonde come quelle lasciate dal fregio di una lama.

Questo, perlomeno, è tutto ciò che so. È ciò che mi hanno raccontato le rare volte che alle mie domande curiose non è seguita la solita risposta: tanto non capiresti.

Vivremo anche una vita tranquilla, moderna e monotona, ma non rimpiango certo i tempi passati, di guerre e di lotte, anche perché non ne so quasi nulla. Su questi argomenti c'è una specie di veto a casa mia, però so che oggi siamo solo fragili ombre di ciò che eravamo un tempo.

Ginevra si immette nel parcheggio con la sua solita guida sportiva.

Un gatto sbuca da un lato della strada.

— Ginni, attenta al gatto!

La mia amica sterza tutto d'un colpo e frena, inchiodando l'auto a due centimetri da un ragazzo, rischiando di prenderlo in pieno.

Lui si gira.

— Oddio!

Mi butto sotto il sedile per non farmi vedere. Non può essere vero. Non può essere di nuovo lui. Non è possibile che ogni volta che lo vedo io sia sul punto di ammazzarlo.

— Ma che accidenti fai là sotto?

— Zitta, stai zitta, io non sono qui.

— Ma cosa stai dicendo?

— Gira questa macchina, girala, parti, spostati, poi ti spiego.

— Fammi almeno chiedere scusa a quel tipo prima, l'ho quasi messo sotto.

— Nooooo!

Alzo la testa tanto quanto basta per vedere la strada davanti all'auto. Deserta.

— Non è possibile! — sbotto.

— Ma dov'è andato? È sparito — mi fa eco Ginevra.

— Ma allora è un vizio.

— Un vizio?

Mi tiro su, guardo in tutte le direzioni, ma di lui non c'è traccia. Non so se essere sollevata o turbata. Uno non può rischiare di morire due volte e scappare, dissolversi nel giro di un secondo in entrambi i casi.

Ginevra rimette in moto e parcheggia.

— Mi spieghi cosa ti prende? — mi chiede dopo aver spento l'auto.

Scende e prende la borsa dei libri.

— Quello è il ragazzo che ho quasi investito col motorino.

— Che cosa?

— E anche questa volta è sparito! Volatilizzato nel nulla...

— Be', ci credo, è la seconda volta che quasi l'ammazzi!

— Tu l'hai quasi ammazzato.

— Sì, ma tu eri con me e ti sei nascosta come una scema sotto il sedile.

— Dici che mi ha visto?

— Temo di sì.

— Spero di non rivederlo mai più.

— Fossi in lui lo spererei anch'io. Comunque niente male il ragazzo, se provi a metterlo sotto per la terza volta magari ti invita fuori a cena.

— Non mi fa ridere, cara.

Anche perché quel tipo mi lascia sempre una strana sensazione addosso, ma questo mi guardo bene dal dirglielo.

Davanti al piazzale ci sono veramente tutti, amici, compagni di classe, compagni di giorni di sventura e di gloria. Ci salutiamo, ci abbracciamo, sembra un secolo che non ci vediamo, poi magari è solo da qualche giorno.

Che bello rivedere questi visi fidati, risentire queste voci amiche, ritrovare queste compagnie piacevoli.

— Ciao, tesoro.

Be', quasi tutte.

— Ciao, Lavinia — la saluto cercando di nascondere il fastidio che mi provoca la sua presenza.

Non è cattiva, è colpa dei geni di famiglia se è così. Non è cattiva, è solo un po' viziata, magari anche egoista.

— Quanto tempo, come stai bene, non sembri neanche tu.

E anche un po' velenosa.

Ma è la figlia dei migliori amici dei tuoi genitori, quindi evita di fare casini.

Lavinia si passa una mano sui capelli brillanti, gesto studiato e perfetto, mi porge il viso bellissimo e truccato col goniometro.

Mi dà due baci, senza sfiorarmi, ovviamente.

— Allora tesoro, come stai?

— Bene, non mi lamento.

Mi molla lì a metà risposta per salutare Lorenzo, che intanto è arrivato con lo zaino su una spalla e la mano di Ginevra, che gli è andata incontro, stretta nella sua.

Lavinia lo saluta, molto entusiasta come sempre, fin troppo.

Si passa una mano sul fianco perfetto, cercando di ipnotizzarlo con gli occhi violacei che tanti ragazzi hanno fatto soccombere.

Non mi sorprende che Ginevra la odi molto più di me.

Lavinia è un po' l'antitesi dell'angelo: meschina, tentatrice, tremendamente sexy.

Gli angeli non sono cannibali, ma Lavinia è una divoratrice di uomini, anzi, di cuori.

Parliamo tutti insieme, attendendo che ci diano le disposizioni per le classi. Il bidello è già in cima alla scalinata esterna, per farsi vedere bene, e ha in mano il foglio su cui sono segnate le varie sezioni e la rispettiva ubicazione.

La speranza di tutti naturalmente è quella di non finire in quello che viene definito "il loculo". L'ultima classe in fondo al corridoio dell'ultimo piano.

Non il loculo. Ti prego, non il loculo!

Lo sta pensando ogni studente in questo piazzale.

Ti prego, il loculo no.

Parliamo ancora un po', poi il bidello inizia. Elenca le varie sezioni e le rispettive classi.

Quella non è una classe, non è definibile classe.

Altri nomi, altre sezioni. Più tensione.

Ha i banchi così piccoli che non ci stanno le gambe. Se ci spediscono in quella specie di piccionaia giuro che il banco me lo porto da casa!

— E quello chi è?

Sento la voce da gattina di Lavinia sussultare.

Mi giro incuriosita e sgrano gli occhi.

Lui. Chiunque accidenti sia. In piedi con una tracolla appoggiata sul fianco.

Ad aspettare che venga chiamata la sua classe.

In questa scuola!

— Terza D, ultimo piano in fondo a destra.

Siamo noi.

Gli studenti rimasti nel piazzale esultano, i miei compagni imprecano: il loculo.

Ci incamminiamo su per le scale. Mi giro per essere certa che Lui non sia nel mio raggio d'azione. Potrei investirlo anche senza un mezzo a motore... ma, naturalmente, è già scomparso.

L'ULTIMA CASA SUL VIALE

Domani c'è il test di ingresso di Filosofia, un compito per verificare se durante l'estate abbiamo ripassato gli argomenti svolti durante l'anno. È il primo giorno di scuola e sono già a casa a studiare, che strazio.

Bene, penso mentre ripasso, molto bene; ripeto i concetti mentalmente:

Quindi, in pratica, secondo Platone la nostra realtà non è che una copia imperfetta di una realtà superiore.

Fin qui posso anche accettarlo.

E la realtà vera è fatta da idee, che a quanto pare se ne svolazzano nella loro perfezione totale nell'Iperuranio, che sarebbe il cielo.

Scendo un attimo di sotto per prendere qualcosa dal frigo. Una scusa come un'altra per fare una pausa...

Mamma parla al cellulare con molta foga.

Dev'esserci qualcosa di grosso in ballo, roba di lavoro.

Mamma lavora per un notaio.

Sembra preoccupata, a dire il vero.

— Sì, capisco... quindi è una cosa urgente, va bene.

Mi prendo un bicchiere di succo alla pera e mi siedo al tavolo della cucina.

È divertente guardarla in questa situazione, anche se non afferro molto dai brandelli di conversazione.

Ma in fondo non ho tutta questa fretta di tornare da Platone.

— Certo, non c'è problema — dice mia madre e chiude la telefonata.

— È successo qualcosa? — le chiedo incuriosita.

— No, no, i soliti contrattempi, ho un impegno adesso, e volevo andare a fare la spesa, e devo anche passare in tintoria... uffa, qui devo sempre fare tutto io.

— Mi vuoi spiegare?

— Ma no, niente, è che una famiglia è già un lavoro full time, se poi ci si mette anche... va be', lasciamo perdere.

La verità è che so perfettamente dove vuole andare a parare. Conosco a memoria questo discorso. E stavolta, data la mia scarsa propensione a dedicarmi a Platone, penso che coglierò la palla al balzo.

— Dai, mamma, vuoi che ti accompagni?

Lei scuote inizialmente la testa, un po' come a dire che "no, non c'è bisogno", ma sta solo aspettando che io insista un po'.

— Lo faccio volentieri.

Cinque minuti dopo siamo in macchina. Anche se

non ho ancora capito dov'è che deve passare con tutta questa urgenza.

— Adesso mi spieghi dove stiamo andando?

— Hai presente l'ultima casa sul viale Della Quercia?

Sì che c'è l'ho presente: grande grossa isolata e spaventosa.

— Dobbiamo consegnare l'atto di proprietà per il notaio.

— Cosa? Ma parliamo della stessa casa? Abbandonata da anni e mezzo diroccata? Vuoi dire che qualcuno ha avuto il coraggio di comprarla?

— No, infatti, penso che nessuno sarebbe talmente folle da volerla comprare. Si tratta di un'eredità, devo portare l'atto di legittima proprietà a questa persona e... vedere di chi si tratta.

Così dicendo si passa una mano tra i capelli, un gesto che conosco bene e che tradisce un certo nervosismo. Ora è tutto chiaro, qualcosa c'era sotto. Nella nostra città, "gente nuova" significa "potenziale pericolo". Per cui bisogna indagare.

Varie leggende sono circolate intorno a quella casa, alimentate dalla superstizione e dai pettegolezzi. In realtà non è altro che una casa antica, come la maggior parte delle case di Viterbo del resto.

Imbocchiamo il viale costeggiato da alti cipressi, verso il pesante cancello di ferro oltre il quale si intravede la sagoma scura della casa.

Parcheggiamo di fronte al cancello ed entriamo.

Davanti ai gradini di pietra dell'ingresso c'è una donna bellissima, avrà qualche anno meno di mia madre, è alta e magra, longilinea, con una postura perfetta.

Ci stava aspettando.

Indossa una lunga gonna nera e una maglia color perla che cade morbida sul fisico asciutto. Ha dei lunghissimi capelli scuri che le scendono lisci sulle spalle e proseguono fino alla vita.

Ci saluta con un cenno del capo e un leggero sorriso. Porge quindi la mano a mia madre, senza scomporsi.

— Molto lieta, signora, mi avevano avvisata del suo arrivo.

La voce è asciutta come il suo corpo, non si sbilancia di tono.

— Piacere di conoscerla, mi chiamo Nora — prosegue la donna.

Mia madre invece si impegna per risultare più cordiale possibile. — Piacere mio e benvenuta nella nostra città — dice, sfoggiando uno dei suoi migliori sorrisi. — Ho portato l'atto di proprietà, così tutto sarà in ordine.

— Molto bene, vogliamo proseguire la conversazione dentro? C'è ancora molto da sistemare e non sono arrivate tutte le nostre cose, ma è agibile.

— Certo, così potrò conoscere anche suo marito.

— A dire il vero io sono vedova — aggiunge la donna, fredda.

Accidenti, mamma, che figura.

— Vivrò in questa casa con mio nipote.

Si volta a guardarmi dritta negli occhi e il suo sguardo intenso mi intimidisce un po'. Non posso fare a meno di notare i suoi magnifici occhi, di un colore indefinibile che tende al grigio.

— Guglielmo deve avere la tua età, poi te lo presento.

— Ma certo! — esclama mia madre, contenta di poter cambiare subito argomento. — Tesoro, dacci solo due minuti, abbiamo un po' di carte da controllare.

— Qui c'è un bellissimo giardino — dice Nora. — È un po' selvatico, richiederà del lavoro, ma ci sono diverse piante rare. Se vuoi, puoi andare a farci un giro.

Mia mamma mi guarda con aria incoraggiante, un po' come a dire "dai, fai come dice la signora".

— Se vai dritta per questo corridoio — aggiunge Nora indicando un corridoio buio che si inoltra nella casa — trovi una porta di vetro che dà sul giardino.

Non ho nessuna voglia di esplorare la casa, e di vedere un giardino con piante "rare", ma a quanto pare non mi resta altra scelta. Mia madre continua a guardarmi annuendo e io mi rassegno.

OCCHI NERI COME IL PETROLIO

Il giardino è una meraviglia. L'erba è alta e incolta, dato il lungo periodo trascorso senza le appropriate cure, ma è davvero bello. Una bellezza eterea e un po' misteriosa, inafferrabile.

Ci sono piante, arbusti di rose, siepi di varie forme, ovviamente ora non più riconoscibili. Ferme nelle loro pose sembrano grossi animali, quieti e assopiti.

Alberi molto alti creano una specie di copertura, un'enorme e altissima tettoia, il cielo appena si intravede: la luce del pomeriggio arriva smorzata e spezzata in innumerevoli frammenti, là dove le chiome e i rami la lasciano insinuarsi.

Statue e panchine di pietra sono disseminate un po' ovunque, avvolte da rampicanti; il tempo e l'assenza della mano dell'uomo sembrano aver ridato loro la naturalezza di quando erano ancora blocchi di pietra. Non sono più fuori luogo di un'altra pianta, albero o roccia che spunta dal terreno.

È come se questo luogo avesse potuto continuare a crescere e a svilupparsi da solo, oltre il tempo in cui qualcuno lo ha davvero curato e custodito.

Mi siedo su una panchina di pietra abbastanza defilata e non troppo ricoperta di arbusti e mi volto a guardare la casa.

Dall'interno non mette esattamente paura, semmai un po' di inquietudine, di tensione. Ha un sacco di stanze, questo lo si intuisce tanto da dentro quanto da fuori.

Apro il libro di filosofia sulle ginocchia anche se non sono molto concentrata. Ma domani ho il test e non so nulla, che scusa potrò inventare? Che mi sono distratta dentro una casa che pare il set di un film?

Studio, o almeno ci provo. È quasi piacevole, tutto sommato, stare all'aperto con questo bel venticello di sera di fine estate, e poi mi piace questo luogo, sembra un rifugio fuori dal tempo, un angolino di un sogno.

Però ho l'impressione che mia madre ci stia mettendo un po' troppo. È strano, in genere queste pratiche sono abbastanza veloci.

Alzo la testa per vedere se si appresta a uscire, ma niente da fare. Prima di riportare gli occhi sul libro di testo li alzo ancora verso le finestre della casa. Istintivamente.

E il sangue mi si gela nelle vene.

Un battito di cuore si smorza e un respiro resta a metà. Abbasso la testa e la rituffo tra le Idee di Platone, cerco rifugio in Parmenide e chiedo protezione al Fedro, ma è tutto inutile.

Sento il cuore impazzire nel petto.

Due occhi scurissimi, neri come il petrolio, come il fondo di un pozzo e l'apice di una torre non illuminata, mi stanno fissando da una delle finestre.

Respira, respira e calmati. Non lasciarti prendere dal panico e soprattutto non renderti ridicola. Fai un respiro profondo e rialza gli occhi verso quella finestra.

Non è detto che sia lui.

Magari è solo, che so, un collaboratore domestico, un facchino che ha fatto il trasloco e sta sistemando ai piani superiori le ultime cose o, nella peggiore delle ipotesi, un'allucinazione.

Può essere, alza questi maledetti occhi paurosi e cancella le incertezze.

Alzo titubante lo sguardo fino a quella finestra, con il sangue che martella nelle tempie. Vedo distintamente il luccichio argenteo del suo piercing prima che sparisca dietro a una spessa tenda che viene tirata davanti al vetro.

Portandosi via quegli occhi.

Oddio.

Mi metto una mano sul cuore, sta impazzendo, rischio di sentirmi male. Piantala, mi sussurro, massaggiandomi le tempie, se ne è andato. Se ne è andato, cerco di ripetermi invano.

Devo uscire da qui.

Mi alzo dalla panchina, così se mai gli venisse voglia di affacciarsi di nuovo alla finestra non dovrò sentirmi addosso quello sguardo. Le gambe tremano un po'. Stringo il libro di filosofia al petto, neanche fosse uno scudo.

Cammino per il giardino, pur non sapendo esattamente che direzione prendere, supero un bellissimo salice. In un altro momento non avrei disdegnato di spostare con una mano quelle tenere fronde e sedermi là sotto. In questo momento invece proseguo oltre, tra siepi e cespugli; alcune statue mi osservano, evito i loro sguardi marmorei e vuoti, quasi avessi timore di incrociare anche quelli.

Mi fermo accanto a un cespuglio di rose, i cui rami ornati di fiori si sporgono in avanti e si intrecciano quasi a formare una cascata.

Allungo una mano sulla pianta e accarezzo con le dita un fiore rosso scarlatto, morbido come il velluto e dal colore intenso come il sangue.

La maggior parte dei boccioli, come quello che ho sfiorato, sono aperti, protesi verso l'esterno, al culmine della loro bellezza. Eppure mi sembra un po' insolito... le rose non dovrebbero sbocciare a maggio?

Sfioro con le dita un altro bocciolo, percorro il fusto esile e ricco di spine, passo il dito fino alla fine del gambo e di colpo mi rendo conto che quello che ho di fronte non è un cespuglio.

Non può esserlo perché sotto i fiori, sotto i fusti e sotto foglie e spine non sento altre foglie con la punta delle dita, come dovrebbe essere.

Non capisco.

Faccio due passi avanti, per vedere su cosa abbiano ramificato queste splendide rose e mi trovo dinnanzi lo spettacolo più incantevole che natura e anni di incuria avrebbero mai potuto creare in questa villa dimenticata, lontana da tutto e da tutti.

I rami di quei fiori scarlatti si sono abbracciati e intrecciati lungo la superficie di una statua di marmo bianco.

Rovi e spine si sono rincorsi sopra la statua di un angelo di marmo, sulle sue ali spiegate che ora a malapena si intuiscono, petali e arbusti abbracciano il profilo di pietra candida.

Un angelo piegato di marmo bianchissimo, con ali spiegate coperte di rose rosse e di spine. Sfioro il viso della statua, e mi sorprendo che sia stata relegata qui, in un angolo così nascosto del giardino.

Faccio un passo indietro ancora estasiata, per poterla ammirare meglio.

E vado a sbattere contro qualcosa.

Il libro mi scivola dalle mani e io cado a terra.

— Ma allora è proprio un vizio.

Panico.

Mi volto.

I suoi occhi scurissimi e intensi come laghi profondi saettano nei miei.

Il luccichio del suo piercing mi saluta malizioso dal sopracciglio sollevato. I suoi capelli biondi sembrano brillare come platino anche se ormai è sera e non c'è luce che li illumini.

È in piedi, composto, ma si china per raccogliere il libro di filosofia. Me lo porge e io lo prendo, attenta a non sfiorare la sua mano. Lo stringo al petto, di nuovo come se fosse uno spesso scudo e non un fascio di fogli.

Sento ancora i suoi occhi fissi su di me anche se evito accuratamente di ricambiare lo sguardo. Mi alzo dal prato, finalmente, dandomi qualche botta sui jeans per togliere dei fili d'erba.

Alzo il viso per guardarlo.

Grave errore.

È veramente bello, aveva ragione Lavinia, devo riconoscerlo.

Alto, magro, indossa dei jeans stretti che gli stanno da dio e una felpa nera... sembra un modello.

E il suo volto. È una visione ancora più insostenibile di quanto ricordassi. Labbra scolpite e splendide, zigomi alti, l'arco sottile e dorato delle sopracciglia che disegna una curva morbida. E il sopracciglio destro, costantemente alzato, incorniciato dall'anello d'argento.

— Ciao — mi saluta con un tono neutro.

— Ehm... ciao — dico imbarazzata.

Mi guarda ancora, mi sta facendo una radiografia? Increspa la fronte e alza ancora di più il sopracciglio, è sexy da paura quando assume quest'espressione e scommetto che lo sa benissimo.

— Tu sei quella ragazza...

Abbasso gli occhi sulle mie scarpe e avvampo.

— Quella del motorino.

Comincio a rigirarmi nervosamente le punte dei capelli. Tossisco e sospiro rumorosamente.

Tanto vale giocare a carte scoperte, ormai.

— E dell'automobile anche...

— Sì, mi ricordo — ribatte lui lasciandosi scappare un sorriso.

E a quel punto la mia testa elabora l'unica e la più stupida strategia che conosce per vincere l'imbarazzo: mi metto a parlare a raffica...

— Mi dispiace molto, comunque io non volevo certo investirti e per due volte di seguito per giunta, che poi in realtà la macchina non è mia ma della mia amica Ginevra che guida come una pazza e che è una specie di pericolo pubblico per tutti, non sei certo il primo che rischia di stirare, ma poi la prima volta ti sono anche venuta a cercare per scusarmi ma tu eri sparito e forse a scuola stamani avrei potuto anche effettivamente chiederti scusa, ma non so cosa mi ha preso e quindi...

Oh no, per pietà qualcuno mi fermi, perché quando vado nel pallone comincio a straparlare?

Lui si avvicina.

Perché si avvicina?

— Quando sei nervosa parli sempre così velocemente? — mi sussurra in un orecchio.

— Sì, decisamente, è vero e poi non si capisce un cavolo di quello che dico ed è assurdo perché neanche me ne rendo conto, o meglio, me ne rendo conto ma non del tutto e quindi continuo a farlo mentre una parte di me impreca e mi ordina di piantarla e...

Lo sto rifacendo, che ridicola che sono. Lui mi poggia un dito sulle labbra.

Il suo dito sulle mie labbra. Non mi sento più le gambe.

— Respira — sussurra. — Un semplice "scusa" è sufficiente.

La sua voce ora ha un che di morbido, di delicato, o sono io che me lo immagino?

Toglie il dito dalla mia bocca.

Le labbra protestano.

Mi sforzo di riordinare i pensieri.

— Allora, scusa — dico infine.

La brezza passa leggera tra gli alberi, tra i rami delle rose, si tuffa su di noi e gioca con i suoi capelli. Lui si scosta velocemente una ciocca dal viso.

Osservo le sue mani, lunghe, affusolate, le unghie curate e smaltate di nero. Ancora un soffio di vento, più intenso questa volta, sembra che si diverta a stuzzicarci, a stuzzicarmi, lui non sembra dare peso a nulla.

— Così... tu sei Guglielmo.

È quasi una domanda più che un'affermazione. Ma chi altro potrebbe essere?

Annuisce appena, continuando a fissarmi intensamente.

— E tu sei...

— Vichi... Vittoria.

Non so cos'altro dire ma non voglio rimanere in silenzio, quindi aggiungo: — Quelle rose che sono cresciute sulla statua, sono bellissime.

Fa un passo avanti verso la statua dell'angelo e ci si mette accanto, distogliendo finalmente i suoi occhi di ebano da me.

Accarezza il viso di marmo dell'angelo. Mi viene da sorridere perché il suo viso è molto più affascinante ed espressivo, seppure di un fascino e di una bellezza sottile, elegante, come tutto in lui, anche il più piccolo gesto.

— E quindi, Vichi...Vittoria — dice lui sorridendo, sicuro di sé.

Mentre pronuncia il mio nome, un brivido mi corre lungo la spina dorsale... sarà colpa del vento. Metto le mani in tasca, d'istinto.

— A cosa devo il piacere della tua intrusione nel mio giardino?

— Sono venuta con mia madre a consegnare a tua zia l'atto di proprietà di questa casa.

Sta passando le dita sul viso marmoreo della statua, su e giù, molto lentamente, delicato, ipnotico.

— E non avevi nulla di meglio da fare?

Rimango un secondo allibita dalla sua domanda.

— Non volevo essere scortese — si corregge subito e mi guarda intensamente con quel viso di giada, forse per farsi perdonare. — Stavi studiando? — mi chiede quindi, continuando a far scivolare le sue dita affusolate sul viso della statua.

Annuisco, incantata dal movimento ipnotico delle sue mani.

È sera inoltrata ormai, realizzo. Il cielo è quasi del tutto blu, la luce è svanita già da tempo e l'aria è decisamente più fredda. Probabilmente è tardi anche se mia madre mi aveva assicurato che ci avremmo messo poco.

— Io... devo assolutamente andare.

Faccio per incamminarmi da una parte, sperando

di aver imboccato il lato giusto, quello da cui sono venuta.

— Vichi.

Mi fermo. Mi volto.

— Leggi questo, è meglio di un testo scolastico.

Mi lancia qualcosa che ha preso dalla tasca della felpa: un libro. Riesco a prenderlo al volo senza farlo cadere, nonostante l'oscurità... una vera prova di destrezza! Lo rigiro tra le mani, la copertina è morbida e un po' sciupata, come se fosse stato letto più e più volte, le pagine spesse di carta non plastificata, come le facevano una volta.

— Attenta alle spine — aggiunge. Ormai completamente avvolto nell'oscurità, è solo una voce lontana.

— Le spine? Quali spine? — chiedo. Ma lui, Guglielmo, come al solito, se ne è già andato. Rimango sola, con il libro in mano.

Leggo il titolo: *Il Simposio* di Platone.

ATTENTA ALLE SPINE

— Perché ci è voluto tanto? — chiedo a mia madre quando siamo in macchina.

— Non mi ero accorta che fosse così tardi, tesoro, mi dispiace.

— Allora Nora è simpatica, se il tempo ti è passato tanto velocemente in sua compagnia.

— Non so se *simpatica* sia la parola giusta per definirla, comunque è una persona molto forte, sopportare il lutto del marito così giovane e trasferirsi in una nuova città da sola con il nipote... l'hai conosciuto, poi?

Mi guarda.

— Guglielmo, intendo.

Se l'ho conosciuto? Si può definire conoscenza, quella?

No.

Si può definire breve, improvviso, imbarazzante dialogo, in cui sono rimasta vittima delle sue strane doti ammaliatrici.

Faccio uno strano verso che può significare tante cose, anche solo che mi è andata di traverso la saliva.

— Comunque — continua la mamma — non mi ha detto molto. Spero solo che non ci sia nulla di cui preoccuparsi.

La mamma è piuttosto inquieta, lo si capisce da come mi sta rendendo partecipe di tutti i suoi pensieri anziché aspettare di raggiungere casa ed esporli a papà.

— Cioè?

— Quella donna è gradevole, però mi ha fatto molte domande e mi sentivo a disagio in sua compagnia... ma forse era solo tensione, la mia.

Quindi anche mamma avvertiva una certa tensione in presenza di Nora, così come io mi sentivo inquieta in compagnia del nipote. Interessante.

— Temo che questa nuova famiglia sarà... oggetto di molte attenzioni qui in città.

Rido. — Cosa non lo sarebbe in questa città? La gente qui ti guarda con sospetto anche se cambi taglio di capelli...

— È vero — concorda lei sorridendo. — Ma dimmi, quel ragazzo come è stato accolto a scuola? È nella tua classe?

No! Grazie al cielo no, ci mancava solo quello... Come avrei fatto a concentrarmi con Lui così vicino, in un'aula in cui si sta a trenta centimetri da tutti, perfino dalla cattedra. Impossibile.

— No, e non ho idea di come sia stato accolto, neanche mi ero accorta che c'era.

È quasi vero: non mi accorgo mai della sua presenza, per questo gli finisco sempre addosso...

Rigiro il libro tra le mani e penso che prima o poi dovrò restituirglielo. Magari glielo lascerò nella cassetta della posta.

E poi se Guglielmo fosse stato nella mia classe, Lavinia avrebbe dovuto fare la gatta morta a tempo pieno, dividendosi tra lui e Lorenzo. Ma forse avrebbe lasciato perdere Lorenzo per dedicarsi completamente al nuovo arrivato.

Mi mordicchio un labbro, pensierosa.

Non so perché, ma a una prima impressione Guglielmo non mi dà l'idea di uno che si sarebbe fatto divorare da Lavinia in un boccone.

Scendiamo dall'auto, finalmente a casa, quando sono solo le otto. Me ne vado in camera, mentre mia madre si affretta a parlare con papà e contemporaneamente prepara qualcosa per cena.

— Io non ho tempo per mangiare — dico. Mi sentono appena, presi come sono dalla conversazione.

Accendo lo stereo in sottofondo, tolgo la felpa e la butto sulla sedia, poi mi sistemo sul letto a gambe incrociate.

Metto da parte il libro di Filosofia e prendo il libricino del *Simposio*. Lo rigiro per l'ennesima volta tra le mani, quasi volessi trovare qualcosa che magari prima mi era sfuggito, ma è un semplice libro, sottile, un po' sciupato dagli anni.

Il Simposio, so bene di che parla: parla dell'amore.

Ma che vuol dire "attenta alle spine"?

E come faceva Guglielmo a sapere che stavo studiando filosofia?

Una semplice coincidenza?

Oppure ha letto dalla finestra cui si è affacciato il titolo del libro che tenevo sulle ginocchia? Nonostante la distanza? Nonostante la luce tenue del tardo pomeriggio?

Magari se ne va sempre in giro col *Simposio* in tasca...

O forse anche lui aveva un test di ingresso sulla stessa materia, la nostra scuola non vanta tutta questa originalità tra sezione e sezione.

Apro il libro.

Giro le pagine velocemente.

Una rosa rossa mi cade sulle gambe.

Mi si blocca il respiro.

La prendo in mano e mi pungo un dito.

Ahi!

Compare una piccolissima goccia di sangue.

Me lo aveva anche detto: attenta alle spine.

TI DEVO DUE FAVORI

— Sono varie domande, su argomenti che abbiamo già visto insieme l'anno scorso. Ogni foglio si concentra su una particolare opera di Platone. È tutto chiaro?

La classe rimane in silenzio mentre il professore finisce di consegnarci i test.

— Allora, ragazzi, buon lavoro.

Il prof è una persona simpatica, e anche piuttosto comprensiva. Perché allora mentre depone il foglio capovolto sul mio banco ho una gran voglia di strangolarlo e scappare dalla finestra?

— Ah, dimenticavo, naturalmente i test sono tutti diversi — aggiunge il professore.

Giro il foglio e leggo.

Rileggo.

Fortuna sfacciata, fortuna assurda, fortunissima.

Mi copro la bocca con una mano per nascondere una mezza risata, stupita e nervosa.

Non è possibile.

Il compito, il mio compito è... sul *Simposio* di Platone.

Il dialogo che ho letto per intero stanotte prima di addormentarmi, e che quindi conosco bene.

Sorrido, confusa e grata.

Possibile?

Mi metto a scrivere.

Rispondo, barro crocette, scelgo tra le risposte multiple.

Cerco di scrivere con calma e rileggo le risposte almeno tre volte, eppure nel giro di venti minuti ho terminato. Quindi sollevo la testa con un sorriso più che eloquente stampato in faccia e incrocio lo sguardo del professore.

— Già finito? — mi chiede lui, con un certo stupore.

— A dire il vero... sì.

— Bene, molto bene, consegna pure allora.

Mi alzo con il foglio in mano, lo porgo al prof.

Per quanto avessi potuto leggerlo e rileggerlo non avrei cambiato una virgola.

— Brava, Vittoria — mi dice, mentre sento sulle spalle gli sguardi allibiti dei miei compagni.

Sto tornando al banco quando il professore mi richiama.

— Vittoria, mi faresti un favore? Porteresti questi documenti alla professoressa Gildi? Non so in che classe sia però, devi controllare.

Prendo i quattro fogli che mi porge ed esco dall'aula.

Respiro a pieni polmoni, soddisfatta. Mi incammino per raggiungere la cattedra del bidello del piano, dove c'è il foglio con gli orari dei professori. Mi metto a leggere l'intreccio di tabelle, schemi e nomi.

— Ma ciao, angioletto bastardo — dice una voce alle mie spalle.

No. Non può essere. Conosco perfettamente questa voce. Appartiene all'ultima persona che desidero incontrare. Non rispondo, non intendo accettare la provocazione.

— Bellissimo scherzo della natura, non mi saluti più?

Alzo lo sguardo controvoglia.

Paride. L'angelo più strafottente, menefreghista, odioso e crudele che il mondo conosca. Sgradevole, cattivo, montato, egocentrico.

Qualche anno fa, per motivi a me oscuri, si era preso una cotta per me e non ha mai mandato giù il mio rifiuto e la mia indifferenza. Da allora si è messo in testa di farmela pagare. Come? Provando a rendermi la vita un inferno.

— Lasciami in pace, Paride — gli dico senza guardarlo in faccia.

— Altrimenti che fai, bastardella, voli via? Ah no, scusa, che scemo: NON PUOI — dice scandendo bene le parole ad una ad una.

Mi punta addosso due occhi carichi d'odio. Ha un bel viso, nonostante tutte le ombre che cela. Potrebbe avere tutte le ragazze che vuole, perché non mi lascia in pace?

Continuo a cercare il nome della Gildi, perché non trovo quella maledetta classe?

— Cosa ci fai in corridoio? — chiedo, nel tentativo di distrarlo.

— Entro ora, non ho tutto questo interesse per la lezione di Scienze.

— Ah, ecco.

— Ecco cosa...?

Mi afferra il viso e mi fa voltare, costringendomi a guardarlo negli occhi. Sono occhi inespressivi, nonostante la collera e la strafottenza; non c'è alcuna profondità in quel blu intenso; al di là di quella limpidezza si scorge solo un deserto desolato.

— Niente — mormoro.

— Sicura? — sibila tra i denti.

— Sì.

Stringe la presa sul mio mento.

Ma il bidello dov'è quando serve? E non sia mai che passi un professore... Saltano fuori solo nei momenti meno opportuni.

— Allora? — mi chiede provocatorio. Sento il suo fiato sul viso.

Le dita sempre più serrate sul mio mento.

— Paride... mi fai male — sussurro, cercando di liberarmi.

— Anche tu mi hai fatto male... molto male, te lo ricordi?

No, non è vero, hai fatto tutto da solo, non è colpa mia se sei un cretino menefreghista e insopportabile.

— Te lo ricordi? — ripete.

Una porta si apre con un leggero scricchiolio e compare il bidello con in mano secchio e straccio. Ha pulito i bagni dei professori, ecco dove è stato per tutto questo tempo.

Paride molla la presa, non è così stupido da rimediare una nota il secondo giorno di scuola. Approfitto dei pochi secondi in cui si volta per lasciar passare il bidello e imbocco di corsa il corridoio. So che tra poco me lo ritroverò di nuovo alle spalle, quindi aumento la velocità.

All'improvviso si apre una porta, proprio di fianco a me, un braccio mi afferra e mi tira dentro, richiudendo subito la porta. Cerco di urlare ma una mano morbida e tiepida mi tappa la bocca.

— Ssssh — sussurra pianissimo.

Spalanco gli occhi e all'inizio non capisco dove mi trovo, anche se credo di sapere con chi.

Guglielmo?

Lui legge il movimento delle mie labbra stupite sulla mano ancora poggiata sulla mia bocca.

— Sì, ma non spaventarti... non gridare — aggiunge in un soffio.

Faccio segno di no con la testa, piano.

— Bene, non vorrai che quello ti ritrovi?

Faccio energicamente segno di no con la testa.

— Benissimo — sussurra vicinissimo a me.

Toglie piano la mano dalle mie labbra e mi lascia andare, così posso capire finalmente dove ci troviamo: il vecchio laboratorio di Scienze. Un'ampia sala con quattro file di panche di legno disposte a semicerchio. Lungo le pareti, sopra alti scaffali, ci sono barattoli e ammennicoli di ogni tipo. Non ci viene mai nessuno.

Siamo vicinissimi.

Mi guarda con il suo viso splendido, la luce fioca proveniente da una piccola finestra con le sbarre mette in evidenza gli zigomi alti, la pelle perfetta e la bocca stupenda, con il labbro inferiore un po' più grande di quello superiore, così da far sembrare la sua espressione sempre un po' imbronciata.

È irreale questa situazione, mi sento come in uno di quei sogni in cui ti sembra di poter decidere tu che cosa accadrà, ma non ne sei completamente sicura. Come ieri sera, nel giardino di casa sua, quando l'ho incontrato per la prima volta.

Arrossisco ancora di più sotto quella luce polverosa.

Mi poggia due dita sotto il mento. Avvampo ulteriormente, il cuore che martella all'impazzata. Alzo il viso, lui aggancia i suoi occhi ai miei.

— Tutto bene? — mi chiede, la sua voce è una melodia perfetta.

— Sì... ma se mi avesse raggiunto avresti potuto sbattergli la porta in faccia.

Sorride.

Non lo avevo mai visto sorridere.

Il suo viso si illumina, completamente, dalle labbra perfette che si aprono sui denti splendidi e lucenti, sugli zigomi scolpiti, e sugli occhi neri, che si accendono di luce.

— Sarebbe stato divertente.

— Cosa ci facevi in giro in corridoio?

— Cercavo una professoressa per darle dei documenti da parte del mio insegnante.

— Passerai dei guai allora, ci stai mettendo un po' troppo tempo...

— No, no, avevo già finito il test... sai, era proprio sul *Simposio*.

— Che fortuna — mi risponde impassibile.

— Già, tu invece che ci facevi qui? La tua classe è su questo piano?

Scuote il capo. — Di sopra, ma non ho trovato un posto più adatto di questo.

— Adatto a che?

Mi mostra un mozzicone di sigaretta con la punta della scarpa.

— Oh, okay.

Mi guarda di nuovo, più intensamente di prima, quasi volesse ipnotizzarmi davvero. Non ha degli occhi, ha due proiettili neri che ti passano da parte a parte, inchiodandoti l'anima.

— Non è una bella cosa — mormora.

— Lo so bene.

Momento di lungo silenzio.

— Non iniziare mai — aggiunge senza smettere di scrutarmi. Non suona come un ordine, ma più come una preghiera.

— Non è nei miei programmi — lo rassicuro ironica. Non ci credo, che stiamo qui, in questo ambiente ristretto, faccia a faccia, a parlare con tanta facilità e confidenza. È pur sempre quello stesso ragazzo che avrei voluto non aver mai incontrato... lo è ancora, vero?

Sorride di nuovo, più discreto di prima, colgo solo quella stessa scintilla nello sguardo di ebano.

— E quali sono allora, i tuoi programmi? — sussurra avvicinandosi impercettibilmente a me.

— Per ora tornare in classe sana e salva.

— Quel tizio se ne è andato, puoi starne certa — aggiunge subito. Sento il suo respiro tiepido.

— Allora credo di doverti ringraziare — dico, azzardandomi a fissare quelle iridi di inchiostro.

Mi guarda leggermente confuso, alza il sopracciglio destro, il piercing brilla insieme al suo sguardo.

— Ti devo due favori: mi hai aiutato a seminare Paride e mi hai evitato un'insufficienza nel test di ingresso di Filosofia.

Accenno un sorriso, sapendo bene che non potrà mai essere disarmante quanto il suo.

— Al suo servizio — dice lui, accennando un piccolo inchino accompagnato da uno sguardo malizioso.

LE COSE BELLE FANNO MALE

Suona l'ultima campanella. Ci riversiamo tutti fuori. La scuola è in delirio, non sembra il secondo, atroce giorno di scuola ma l'ultimo. Piovono gavettoni e secchiate d'acqua, sarà perché fa caldissimo? Ci saranno trenta gradi all'ombra.

Ginevra e Camilla, che sono davanti a me, non fanno in tempo a uscire che sono già zuppe dalla testa ai piedi. Nascosto accanto al portone c'è uno dell'ultimo anno con un secchio ormai vuoto in mano.

Mentre loro gocciolano come due pulcini, io scoppio a ridere come una pazza: avevo trovato riparo dietro il metro e ottanta di Lorenzo.

— Tu sei morta! — urlano le mie amiche. Afferrano due bottiglie e cominciano a rincorrermi per tutto il piazzale.

— Ma non ho fatto niente!

Rido mentre cerco di mettermi in salvo.

— La devi pagare lo stesso!

Mi arrivano addosso qualcosa come due litri di acqua gelata, meno male che fa caldo. Sono bagnata fradicia e mi sta colando tutta la matita dagli occhi. Continuo a ridere, mentre mi sposto di lato per evitare un gavettone che centra in pieno Lorenzo.

E in quel momento lo vedo, di nuovo.

È un'apparizione.

Se ne sta accoccolato – *e asciutto* – sulla sua stupenda moto, bello come un dio greco, a godersi tutta quella scena assurda di cui io faccio parte, bagnata fradicia, con la matita squagliata sulle guance, gli occhi da panda, i capelli spiaccicati sulla fronte e i jeans incollati alle gambe.

Mi guarda, alza gli angoli della bocca, si infila il casco e parte. In un secondo sparisce nel traffico.

Arrivo a casa tutta infreddolita.

Ginevra, non meno bagnata di me, mi saluta davanti al portone.

— Fatti una doccia! — mi urla prima di ripartire col suo bolide.

— Dici che una non basta? — le rispondo ridendo e armeggiando con le chiavi. Apro il portone e mi avvio su per le scale di pietra.

Cammino, le scarpe piene d'acqua che fanno strani rumori e cigolii. Mi sento una papera. Davanti alla porta di casa incrocio la vicina che sta uscendo. È un'anziana signora, molto graziosa e molto impicciona: sa gli affari di tutto il quartiere.

— Santo cielo, Vittoria... Ma che ti è successo?

— Salve, signora Marcelli, non si preoccupi è solo acqua.

Perché la porta non si apre?

— Sì, questo lo avevo intuito. Ma perché sei fradicia?

— Colpa di un paio di gavettoni, niente di grave — cerco di congedarmi, inutilmente.

— Ai miei tempi non si facevano certe cose.

Ai suoi tempi non c'era ancora l'acqua corrente, signora Marcelli.

Apriti porta, per favore.

— E comunque tua sorella non è mai tornata da scuola in condizioni simili. Dovresti prendere esempio da lei, è proprio una brava ragazza.

La porta si sblocca, finalmente. Mi ci infilo di corsa, ma mentre la richiudo lei ci mette in mezzo un piede. Per essere un'ultraottantenne è scaltra come una faina.

— Vittoria, un'altra cosa, non mi è piaciuto affatto quel tipo.

— Quale tipo?

Si sistema gli occhialetti argentati sul naso.

— Io ho occhio, le vedo le cose che succedono.

— Questo non lo metterebbe mai in dubbio nessuno, signora Marcelli.

— E ho occhio per le persone, quel tipo... non mi piace, ha una faccia che non mi convince... Troppo scuro in volto e con fare sospetto, è arrivato davanti alla vostra porta e poi se ne è andato.

— Forse era il postino, signora Marcelli.

— Mi stai dicendo che non saprei riconoscere il postino?

— No, assolutamente.

— Era troppo giovane e aveva un casco sottobraccio, e poi uno di quei cosi al sopracciglio... com'è che li chiamate? Pirfing!

Sbianco.

— Cara, tutto bene?

— Mi scusi, signora Marcelli, ho freddo. Ma grazie per l'informazione, arrivederci.

Finalmente riesco a entrare in casa, lasciando fuori la vicina impicciona.

Guglielmo è stato a casa mia?

Cioè, davanti casa mia? Perché?

Si sarà sbagliata di sicuro.

Ma è della Marcelli che stiamo parlando, quella con l'udito da pipistrello e la vista di un falco, vede e sente tutto, non sbaglia mai.

Ma che accidenti è venuto a fare? Non capisco.

In quel momento mi accorgo di una busta sul pavimento.

Mi chino a raccoglierla. È senza mittente, senza francobollo, senza indirizzo.

La apro.

C'è un foglietto scritto a mano.

Primo favore: asciugati e non ammalarti.

Mi appoggio alla porta, ho le gambe che tremano e temo non sia per il freddo causato dall'acqua di cui i pantaloni sono ancora impregnati.

Apro del tutto la busta lacerandola con le dita.

Mi cade in mano un altro bocciolo, rosso scarlatto.

Giro il biglietto, non c'è firma, ma un'altra frase.

E ti prego, questa volta fai attenzione alle spine!

Metto la rosa insieme all'altra, sulla mia scrivania, dentro un piccolo vaso. È bella, molto bella, troppo. E come tutte le cose belle, se non fai attenzione ti feriscono.

Le rose hanno un profumo inebriante ma anche spine affilate, pronte a farti sanguinare. Il sole dona la vita ma se ci scherzi troppo ti brucia. L'acqua disseta e annega, crea e distrugge.

Le cose belle fanno male, e quando non ci sono ti fanno sentire la loro mancanza.

La loro dannata mancanza.

Sfioro i petali dei fiori, ben attenta a non toccare le spine.

Per favore: non appassite mai.

L'AMORE È UN DEMONE

Oggi la giornata si apre con una grande notizia. Parte dalla nostra classe. Serpeggia per i corridoi. Varca porte e finestre. Salta sopra il cancello di ferro. Vola fino all'altra sede. Oltre il cortile. Di bocca in bocca. Voci e voci la trasportano.

Marco fa una festa.

Non è una semplice festa.

È una festa da Marco.

— Tu ci vai? — chiedo a Lorenzo durante l'ora di Matematica.

— Si, gliel'ho promesso.

In fondo Marco è uno dei suoi migliori amici.

La prof ci guarda di sbieco, fingo di rituffarmi nell'equazione che sto cercando invano di risolvere.

— Allora vengo anch'io...

— Ma chi ci sarà? — chiede Ginevra.

— Tutta la scuola o giù di lì, lo sapete che a Marco piace fare le cose in grande...

Tutta la scuola?

Tutta tutta?

Ho già in mente un'eccezione più che probabile.

Invece magari viene: le feste servono anche a socializzare.

Più tardi, nel parcheggio della scuola, io e Ginevra siamo appena salite in macchina, pronte a partire.

— Controlla che non arrivi nessuno — mi raccomanda.

Guardo nello specchietto laterale mentre lei inizia la manovra.

— Mi sembra che... No, aspetta!

Una moto sfreccia alla nostra destra e ci supera.

La sua moto.

Ma...

Non è da solo.

Sul sellino posteriore, avvinghiato a lui come una piovra, c'è qualcuno.

Lavinia.

— Fammi uscire di qui! Io quella l'ammazzo! — grido armeggiando con la cintura e la sicura.

— Calmati.

— Prima l'ammazzo e poi mi calmo!

— Non la puoi uccidere.

— Invece sì, scommetti?

La sera mi preparo per la festa di Marco, ma non so se mi va ancora di festeggiare.

Tanto che ci vado a fare? La persona che vorrei vedere non ci andrà, ma se c'è sarà anche peggio: verrà divorata da Lavinia, e io non ho certo intenzione di assistere allo spettacolo. Okay, basta con questi pensieri del cavolo.

Sono davanti allo specchio e mi appoggio una maglietta addosso per vedere come sto.

Schifo.

La butto in un angolo, sopra ad altre venti.

Oggi mi sta tutto di schifo.

Ho anche i capelli che vanno in tre direzioni diverse, sembro un ananas.

Doppio schifo.

Abbraccio un cuscino.

Eppure ieri sera ero così contenta...

Maledette emozioni, se fossi un pezzo di ghiaccio adesso non avrei tutti questi problemi.

Magari sarei destinata a restare sola come un cane, ma senza problemi sentimentali.

Poi dicono che l'amore è un angelo.

L'amore non può essere un angelo, fa soffrire, fa piangere.

Fa uccidere.

Come può essere un angelo qualcosa di tanto distruttivo?

Di tanto pericoloso, infido, adulatore e malvagio.

L'amore non è un angelo, è piuttosto un demone, bello e tentatore, ma comunque un demone.

Con ali nere e sporche di sangue.

Platone aveva proprio ragione.

LA MUSICA INCALZA

Inizio a sentire la musica già a metà della via, è la tipica musica da festa di Marco: house pura. Ritmo ripetitivo, energico e martellante. Che suona e risuona senza regole: ammalia i sensi, stordisce e cancella i pensieri.

Inizi a muoverti senza nemmeno rendertene conto, è un ritmo che trascina e spinge chiunque a ballare.

Arrivo, il cancello è aperto, dentro file e file di motorini e qualche macchina. Casa di Marco è tutta su un piano, con un bel giardino e un ampio portico, pieno di gente. Da una parte un tipo che conosco solo di vista armeggia con l'impianto hi-fi improvvisandosi DJ.

Saluto un paio di persone e il padrone di casa, che balla con un bicchiere in mano.

Individuo Ginevra, Lorenzo, Francesca e Camilla in un angolo e vado subito da loro.

La musica è troppo alta per parlare, al massimo si può cercare di urlarsi qualcosa nelle orecchie.

Ginevra tenta di parlarmi.

— Cosa? — le chiedo.

— Puoi evitare spargimenti di sangue stasera, Lavinia non c'è — ripete più forte, cercando di sovrastare il ritmo spaccatimpani.

Sto quasi soffocando, asfissiata dal fumo passivo delle sigarette. I miei polmoni ormai hanno perso la speranza di rimanere sani.

— Balliamo? — propone Francesca.

— Okay. — Per questa volta pare che sopravviverò.

Ci buttiamo tutti nel nodo indefinito di gente, nella folla di corpi e braccia e gambe.

La musica incalza, esplode dalle casse e implode di nuovo nelle vene e nelle tempie, il cuore e il respiro cercano di starle dietro, di tenere il passo con questo innaturale ritmo elettronico.

Le luci colorate piazzate accanto al DJ proiettano ombre fluorescenti che non esistono, sussultano nelle loro tinte forti, a singhiozzo. Scatto, luce, scatto, buio, luce. Sembra qualcuno con un'enorme fotocamera che scatta flash a ripetizione.

Gli occhi si abituano a fatica a tutti quegli stimoli, sembra di non essere più nel giardino di Marco.

Ondeggiamo con tutti gli altri, Marco ci passa accanto con uno starlight verde fluorescente in bocca, fa uno strano contrasto con la sua pelle ambrata e i riccioli scuri.

Si butta addosso a Lorenzo e gli mette un braccio intorno al collo.

— Biondo, amico mio!

È ancora in grado di parlare, per ora.

Lorenzo afferra al volo lo starlight prima che cada a terra.

— Marco, non ti sai regolare, come al solito — gli dice Lorenzo ridendo.

Lui si riprende lo starlight, a mo di sigaretta. — Divertitevi belli! — esclama, indifferente al rimprovero dell'amico. Quindi si allontana barcollando.

Fa caldo in mezzo a tutta questa gente e a malapena riesco a respirare. Francesca invece si accende un'altra sigaretta.

No, altro catrame proprio non lo posso reggere. Mi serve un po' d'aria fresca.

— Io vado a bere qualcosa — grido.

— Come?

Mimo il gesto di bere da un bicchiere con la mano.

— Okay!

Esco a fatica da quel muro compatto e movimentato, e raggiungo il tavolo con le bevande. Ci sono parecchie bottiglie di superalcolici, bicchieri di plastica e secchielli pieni di ghiaccio. Qui ognuno si serve da solo. Mi guadagno uno spazio lungo il tavolo e mi verso da bere. In quell'istante qualcuno mi urta alle spalle. È Alessia, barcolla e non mi sembra che stia granché bene. Deve aver esagerato anche lei.

Conosco Alessia da sempre, eravamo amiche già da bambine, abbiamo fatto le scuole insieme fino alle medie. Poi al liceo lei è finita in un'altra sezione e io e Ginevra l'abbiamo un po' persa di vista. Col tempo quindi l'amicizia si è allentata, ma ci siamo volute bene, e poi ci assomigliamo molto. Anche se lei è un angelo "regolare" con relative ali, abbiamo i capelli della stessa sfumatura di castano e i tratti del viso un po' simili. Da piccole a volte ci scambiavano per sorelle.

— Vichi! — mi saluta biascicando.

— Ale, tutto okay? — le chiedo, poi appoggio il bicchiere sul tavolo per aiutarla a reggersi in piedi.

Annuisce con più intensità del dovuto.

— Però, ascoltami, non è colpa mia — mi dice, continuando a barcollare.

— Di che parli?

Si appoggia di peso con un braccio sulle mie spalle, è proprio andata.

Dà un sorso alla bottiglietta che ha in mano. Per fortuna è acqua, vuol dire che sta cercando di riprendersi.

— Scusa, sono una cretina: ho bevuto troppo.

— Vedrai che tra un po' ti passa, vuoi che ti accompagni in bagno?

— No, no, ascoltami... — mi dice passandosi una mano sulla fronte. — Mi dispiace, dillo a Marco se lo vedi... ma io non c'entro, okay? È stata una loro idea, fanno sempre così... e lui lo sa che poi succede qualche casino...

Alessia butta giù altra acqua.

— Ale, ma che stai dicendo? Non ti seguo, chi ha fatto cosa?

— Paride. Sta venendo qui. Con i suoi amici.

VUOI DAVVERO DIRMI QUESTO

A una decina di metri di distanza, oltre nugoli di persone e di fumo, un'ombra che mi sembra familiare entra in casa da un ingresso secondario.

Credo di riconoscere il profilo lungo e magro di Guglielmo in quell'ombra, ma scuoto la testa, annebbiata dal fumo e dal pessimo cocktail che ho bevuto. Come barman non valgo proprio niente.

Vedo alcune delle mie amiche che continuano a ballare, instancabili, là dove le ho lasciate poco fa. Le raggiungo e mi mimetizzo nella folla, riprendendo a muovermi. Poco dopo vedo arrivare Paride e i suoi amici, in una mini scia di motorini. Ginevra e Lorenzo nel frattempo sono spariti.

Si sparpagliano, parlano, ridono. Le persone quando li vedono passare si spostano e tollerano senza protestare i loro scherzi. Anche se non sembrano avere cattive intenzioni, so che per me il divertimento è finito.

Continuo a ballare, ovvero a restare in piedi, mentre ci pensano le spinte della gente intorno a far muovere tutti più o meno allo stesso ritmo.

Tutto gira e io provo a tenere il passo. Faccio l'errore di fermarmi al centro della giostra che continua a girare, con il fiato troppo corto per continuare. Se esci dalla corrente musicale elettronica che ti trasporta e ti fermi un attimo vedi solo un gruppo di gente che si agita intorno a te e senti solo un'unica, potente pulsazione che rimbalza fino alle gambe, invitandole a muoversi. Solo questo.

Ho una sete tremenda. Il cocktail che ho bevuto mi ha lasciato uno strano sapore dolciastro in bocca. Sento la gola bruciare come se tanti spilli la stuzzicassero.

Sul tavolo, tra bicchieri mezzo rovesciati e bottiglie vuote, di acqua non ce n'è rimasto neanche un goccio. Entro in casa, supero il salotto, stipato di gente all'inverosimile. Non ricordo benissimo la casa di Marco, non so dove sia la cucina.

Imbocco il corridoio e apro una porta a caso.

E sbaglio clamorosamente.

È la camera di Marco, almeno credo, considerato l'arredamento.

E non è vuota. Seduto sul letto c'è qualcuno.

— Ciao — mi saluta, chiudendo il libro e cacciandolo nella tasca dei jeans scuri.

Lo guardo allibita.

È venuto, allora non era un'allucinazione.

Resisto all'idea di richiudere la porta e andarmene

solo perché significherebbe dargli troppa importanza, e io non voglio fargli capire che ce l'ha.

— Ciao — dico. La mia voce sembra arrivare da un'altra stanza.

Dove l'hai lasciata Lavinia? E perché sei venuto? Vorrei chiedere, ma resisto.

Sorride, un sorriso un po' dolce e un po' sinistro.

— Possibile che io e te ci incontriamo sempre in circostanze insolite? — mi chiede come se niente fosse.

Non rispondo, dovrei?

Alza un sopracciglio, quello con il piercing.

— Cercavo la cucina.

Annuisce.

Vorrei tanto andarmene, ma è come se una forza estranea me lo impedisse, e non mi muovo.

— E tu? Sei venuto...

— Sono stato invitato, ma non mi piace molto tutta quella confusione.

Accenna un movimento con la mano come a indicare ciò che sta succedendo fuori da quella stanza.

Stavolta sono io ad annuire.

— Come ti trovi nella nuova casa? — butto lì, gelida.

Mi guarda un secondo, dritto negli occhi, preciso come una pugnalata.

Rimane in perfetto silenzio, poi scoppia a ridere.

Cosa c'è da ridere? Proprio niente, niente di niente.

Si alza e si avvicina. Troppo. Posa una mano sulla parete cui sono appoggiata e accosta il suo viso al mio. Non posso indietreggiare. Non posso allontanarmi.

— Vuoi davvero chiedermi questo?

Rimango immobile.

— Come sto nella nuova casa? — ribadisce, nel caso mi fosse sfuggito il senso della sua provocazione.

I suoni della musica passano attraverso la parete, smorzati e distanti, sembra di essere lontano anni luce dalla festa.

— E non ti importa, magari, di sapere perché oggi ho dato un passaggio alla tua amica?

Il cuore perde un battito, il respiro si blocca nella mia gola che continua a bruciare.

In un secondo sprofondo nell'imbarazzo più totale, e l'istante dopo comincia a montare la rabbia.

Ma chi accidenti ti credi di essere? Ma chi ti conosce e chi ti vuole conoscere?

E chi ti ha chiesto niente?

Esco e sbatto la porta.

Cammino spedita lungo il corridoio lasciando sempre più stanze e porte chiuse tra me e Guglielmo. Sbuco in giardino, la gola brucia anche di lacrime rabbiose bloccate da qualche parte, adesso.

Ma dove sono Ginevra e Lorenzo?

C'è troppa confusione fuori. Almeno su questo Guglielmo ha maledettamente ragione.

Afferro un bicchiere a caso dal tavolo e butto giù il contenuto d'un fiato, cercando di placare il fuoco che mi brucia in gola.

E commetto un gravissimo errore. Qualsiasi cosa fosse, ora brucia ancora di più. Faccio una smorfia di disgusto e mi appoggio al tavolo con una mano, la testa che gira. Mi tocco la gola, arde come se avessi una cravatta di fuoco stretta intorno al collo.

C'è troppa confusione intorno a me. Non capisco più niente. Gridano tutti e la musica è troppo alta. Decido di tornare dentro, mi muovo a fatica. Le pareti traballano, sfocate, sfumano. Sto per svenire, penso allarmata, in un lampo di lucidità.

La parete è sempre più obliqua.

Mille fiammelle accese affiorano su ogni centimetro di pelle.

Non sento più il pavimento sotto i piedi.

Apro una porta e me la richiudo alle spalle.

La stanza è buia, mi getto su una poltrona, mi rannicchio con le ginocchia sotto il mento.

Respiro a fatica, affannata, la cravatta di fuoco è sempre più stretta intorno alla mia gola, sento la fronte imperlata di sudore.

La stanza gira e prego che sia tutto un incubo da cui svegliarmi al più presto.

Il buio che avvolge la stanza è bordato di un'oscurità tremolante che pulsa nei miei occhi. Mi massaggio le tempie che martellano impazzite.

Mi ripeto che passerà. Passerà presto, vero?

Scosse di dolore esplodono nella mia testa, quasi volessero contraddirmi.

Sento uno scricchiolio sulle assi del parquet.

È entrato qualcuno.

— Ginevra? — chiedo con un filo di voce.

— Lorenzo?

Silenzio.

Provo ad alzarmi, ma ricado sui cuscini.
Una risata. Una risata aspra, meschina, rimbomba nella mia testa scombussolata.
— Paride... vai via — imploro.
Ride ancora, di gusto.
— Sto male — sussurro quasi a me stessa.
— Certo che stai male.
La voce ora è più vicina.
— Sei una stupida: te la sei cercata — sentenzia duro.
Sento le forze che mi abbandonano definitivamente.
— Stupida — ripete, rabbioso.
Si avvicina di più.
— Ti è piaciuto il cocktail che ti ho fatto preparare?
— Come? Cosa stai dicendo?
— Ah, certo, scusami — continua lui ironico. — Non voglio toglierti nessun merito. Il cocktail lo hai preparato tu. Io ci ho solo fatto aggiungere... un tocco personale.
— Sei uno stronzo!
— Stai attenta a come parli — dice lui lentamente. La sua voce è sempre più rotta dalla collera e dalla cadenza strascicata. Anche lui ha bevuto.
— Che dicevamo ieri mattina, te lo ricordi?
All'improvviso ho paura.
Butta il bicchiere a terra con un gesto secco, il vetro si frantuma e il pavimento si riempie di schegge affilate.
Mi blocca i polsi con le mani e mi grida, vicinissimo al viso: — Te lo ricordi!?
— Paride, hai bevuto troppo — sussurro spaventa-

ta. Dall'odore acidulo del suo fiato, dall'irrazionalità dei suoi gesti e dal fatto che non ho neanche la forza per gridare e che comunque, qui, non mi sentirebbe nessuno.

Stringe ancora di più la presa sui miei polsi. Cerco di non perdere i sensi, mentre la stanza intorno a noi pulsa come un enorme cuore nero.

— Stai zitta — sibila a denti stretti. — Dicevamo di quanto mi hai fatto male, te lo ricordi? Te lo ricordi, vero?

Annuisco tremando, provo a divincolarmi, ma non ce la farei neanche se fossi nel pieno delle mie forze.

La testa esplode, le lacrime premono ai confini degli occhi, le trattengo premendo la lingua contro il palato.

— Bene.

Ride.

È completamente fuori di sé.

— Vuoi che te lo descriva? Magari così lo capisci meglio...

Con una mano mi stringe il collo.

Scatto in avanti, terrorizzata, ma è molto più forte di me e mi tiene in pugno.

I contorni della camera pulsano ancora di più.

Annaspo, soffoco un grido.

— Un dolore sordo, un po' come questo.

Non ho più aria.

— All'inizio, poi però cambia e diventa più intenso.

Mi lascia la gola.

Cado a terra sulle ginocchia e respiro affannosamente. Mi blocca di nuovo, impedendomi di muovermi.

— Tipo questo.

Afferra un coccio di vetro, abbastanza grande e paurosamente aguzzo.

Vedo il luccichio del vetro nella sua mano.

— No!

Grido in preda al terrore, cerco di liberarmi, mi agito come un animale in trappola. Avvicina il vetro al mio braccio. Le mie lacrime piovono sul pavimento. La superficie affilata è a un centimetro dalla mia pelle. Mille immagini affollano la mia mente.

Sangue, prima di tutto.

Mi balena in testa il ricordo della prima volta in cui da piccola mi sono tagliata, con un pezzo di carta. Mia madre mi aveva messo un cerotto ed era stato allora forse che le erano venuti i primi dubbi riguardo alla mia natura di angelo anomalo. A quell'età infatti avrei già dovuto essere in grado di rimarginare un piccolo graffio.

Soffoco un altro grido, scalcio come un cavallo, inutilmente.

Il vetro è a mezzo centimetro da me.

Vedo sempre meno, come attraverso un piccolissimo spioncino.

Chiudo gli occhi.

Un rumore forte e improvviso. Poi un altro.

Apro gli occhi e riesco a scorgere una figura alta e slanciata in piedi, in fondo alla stanza. Paride giace a terra a qualche metro da me, con il comodino di Marco contro le gambe, come se una scossa di terremoto gliel'avesse scaraventato addosso.

La porta è spalancata, un fascio di luce proveniente dal corridoio illumina il suo profilo perfetto e i lineamenti del suo viso, contratti dalla rabbia e dal disprezzo.

Sembra un angelo, penso. Sembra molto più angelo di me, di Lorenzo, di Elena o di mio padre.

— Tu sei morto! — urla Paride che si sta alzando dolorante. — Non farti più vedere a scuola, perché io ti ammazzo!

Guglielmo neanche lo guarda.

— Puoi stare certo che te ne pentirai, te la farò pagare...

Paride esce dalla stanza come una furia e quasi va a sbattere contro Ginevra.

Ancora chino su di me, Guglielmo mi passa una mano sulla fronte e mi carezza uno zigomo.

— Cos'ha? — chiede la mia amica, scossa dall'ansia.

— Sembra drogata.

— Come?

— Vichi... — mi sussurra lui nell'orecchio. — Cerca di restare sveglia, qualsiasi cosa succeda, ti prego, non addormentarti.

Colgo mille riflessi nei suoi occhi di ghiaccio nero, mille sfumature e una grande apprensione.

— Ti prego — aggiunge, passando ancora le dita tra i miei capelli.

Annuisco, per far capire che ho afferrato il concetto.

Lui si volta verso i miei amici. Ginevra è spaventata, si è stretta al fianco di Lorenzo che la cinge con il braccio e cerca di tranquillizzarla.

— Non possiamo riportarla a casa, almeno finché non starà meglio. E non può restare da sola. Bisogna riuscire a tenerla sveglia finché quello che ha preso non ha terminato il suo effetto… ma dobbiamo andarcene subito da qui, prima che Paride torni con i suoi leccapiedi — dice Lorenzo.

— Portiamola a casa mia — propone Ginevra.

Lui scuote il capo. — Non possiamo rischiare che i tuoi se ne accorgano.

— Allora da te.

— Il problema rimane — replica Lorenzo. — Se i miei la vedono in questo stato siamo nei casini.

— E allora cosa facciamo?

SENTO IL SUO CUORE BATTERE

Il ricordo della festa è già confuso come i contorni di un sogno: sfocato, distante, un panorama velato dalla foschia, una fotografia scolorita dal sole e sciupata dalla pioggia. La casa di Marco si fa sempre più lontana, un punto luminoso e caotico, una lampadina impazzita.

Dicono che sotto l'effetto della droga il cervello può rispondere in maniere diverse. Alcune sostanze provocano viaggi impressionanti, creano allucinazioni vivide e spaventose, belle e paurose, colorate e ingarbugliate.

Io non vedo gli elefanti rosa e già questo è positivo, credo. La schifezza che hanno messo nel mio bicchiere non doveva poi essere così forte. In compenso ho come l'impressione di non avere la completa padronanza del mio corpo. È una sensazione strana, come se l'anima fosse a malapena aggrappata alle membra e stesse solo aspettando il momento giusto per volarsene via.

I sensi sono amplificati, percepisco l'aria fredda della sera sulla pelle, la sento compatta, quasi corporea, come un panno teso e bagnato.

Sento l'odore della strada, di umido, di polvere, il profumo delle piante e della notte.

I colori si mescolano, brillano, si fondono nella mia visione imperfetta e allucinata.

Sento i suoni che mi circondano, soffi e scricchiolii e sussurri, sovrapporsi e confondersi. Tutti tranne uno, vicino.

Sento il suo cuore...

Contro il mio orecchio sinistro.

... battere.

Sento il suo cuore battere.

Mentre mi porta in braccio, rannicchiata come un cucciolo contro il suo petto.

Tum... tum... tum.

Il battito è regolare. Morbido. Come un respiro.

Tum... tum... tum.

Un suono delicato, quasi avesse paura di disturbare il mio riposo.

Il primo suono dell'uomo: il ritmo della vita. Il primo rumore e la prima musica.

Premo più forte la testa al suo petto.

Batte ancora.

Allora ce l'ha, un cuore, penso.

Lui, così bello e glaciale, così strano e affascinante, così terrificante a volte, ha un cuore, che batte, che vive.

Ha un cuore.

Un cuore per provare emozioni, un cuore che qualcuno potrebbe ferire un giorno.

Un cuore che potrebbe sanguinare.

— Che fai? — mi chiede.

— Niente, ascolto.

— Mi ascolti?

— Sì, ti ascolto.

Ascolto la musica della tua vita.

La prova che non sei una statua, un dipinto, un sogno o un incubo.

— E ti piace?

Annuisco.

Chiudo gli occhi, cullata da quel suono, le palpebre si fanno pesanti.

— No — sussurra, mi passa una mano sulle palpebre, per farmele riaprire. — Cerca di stare sveglia, piccola...

— Ma ho tanto sonno — protesto come una bambina.

— Siamo arrivati.

Vedo l'enorme ombra, vagamente minacciosa, della sua casa che si staglia nel buio.

Entriamo, percorre il vialetto e apre la grande porta, sempre tenendomi stretta a sé.

Dentro c'è buio, e silenzio, potrebbe sembrare disabitata se non fosse per i mobili, le cui sagome testimoniano la presenza di qualcuno che ci vive.

Percorriamo un lungo corridoio.

Apre una porta.

— Ecco, puoi stare qui.

È una camera, una delle tante. Mi poggia su un letto, alto e ingombrante, antico, che occupa metà stanza. Poi ci sono un armadio, una poltrona e una grande finestra che dà sul giardino. Che sia questa la stanza da cui si è affacciato, qualche giorno fa, scostando le pesanti tende che nascondono la vetrata?

Mi lascia andare delicatamente, le braccia sciolgono la presa.

Il letto è morbido ma freddo, rispetto al suo abbraccio.

La camera è buia, a eccezione della luce della luna che filtra dalla finestra e si spande sul pavimento.

— La luce della lampada potrebbe darti fastidio e farti aumentare il mal di testa.

La testa già me la staccherei volentieri, non è il caso di peggiorare la situazione.

Ho sonno, troppo sonno. Non so se sia provocato dalla schifezza che ho ingerito, ma non riesco proprio a tenere gli occhi aperti... io, quella che vivrebbe di notte come i pipistrelli e non andrebbe mai a dormire.

Lui si siede sul letto, accanto a me. Il materasso si piega sotto il suo peso.

— Non ti addormentare — ribadisce.

— Non so se ci riesco.

— Devi farcela.

— Mi fanno male i pensieri.

— Come?

— I pensieri — ripeto — premono contro la testa e contro gli occhi, gridano e bruciano...

Credo stia sorridendo, lo sento dal modo in cui parla.

— Non pensare, allora.

— E come faccio a restare sveglia?

Silenzio.

— Quando compi gli anni? — mi chiede a un certo punto.

— Eh? — ribatto allibita.

— Quando compi gli anni? Come si chiamano i tuoi genitori? Sei figlia unica?

— Ma che stai dicendo?

— Ti faccio delle domande.

— L'ho notato, ma perché?

— Così parli, non pensi troppo e non ti addormenti.

Si stende, si sdraia sul letto, accanto a me. Si gira dalla mia parte e si appoggia a un gomito per guardarmi dritto in faccia. Incoraggiata dal buio, inizio a raccontare... parlo di me, della mia famiglia, di Elena, di come la strozzerei. Gli parlo di Ginevra, di Lorenzo, della scuola.

Lui fa le domande e io rispondo.

Parlo di tutto, di cosa mi piace, di cosa odio e perché, di come mi sento. Gli dico cose che non ho nemmeno mai detto a me stessa. Di Elena, e di come mi senta talvolta inferiore a lei, sempre in conflitto e a confronto con la sua apparente perfezione. Lui ascolta ogni mia parola con interesse, obbligandomi con delicatezza a riaprire gli occhi quando le palpebre cedono alla stanchezza, facendo domande su domande.

Gli racconto che vorrei, a volte, essere esattamente come i miei vorrebbero, se solo potessi. Mentre invece altre volte sono felice di essere ciò che sono, qualunque cosa io sia.

— Perché, tu cosa sei? — mi chiede a quel punto. Ma questa volta non è una domanda qualsiasi per farmi parlare. Il tono della sua voce tradisce una nuova curiosità.

— In che senso?

— Perché hai detto «qualunque cosa io sia»?

Questa domanda mi spiazza. Nel caos che mi offusca la mente, sono costretta a ripetermi ancora una volta che sono diversa, che quello che sono, da fuori, non si vede.

— Io sono un angelo.

Alla parola "angelo" lui di colpo si irrigidisce. Allontana dal mio viso la mano, che fino a un istante prima lo percorreva dolcemente, per persuadermi a non cadere tra le braccia di Morfeo.

— Lo so, non si nota — gli spiego. — Ho i capelli castani e, insomma, non sono proprio l'angelo perfetto.

Guglielmo socchiude appena gli occhi, piccole rughe gli solcano la fronte. Scuote la testa e sorride, ma è un sorriso diverso dal solito. C'è qualcosa di strano.

— Sei un angelo, allora.

— Sì — confermo. — Un angelo triste perché le persone non si accorgono che è un angelo.

— Le persone non si accorgono di tante cose — commenta lui in tono enigmatico. Quindi ricomincia a passarmi le dita sulla guancia e annuisce tra sé e sé, chissà perché.

Il tempo riprende a scorrere e Guglielmo riattacca a farmi domande.

Io parlo, parlo, parlo, a malapena so di che cosa, dato

il sonno, ma sempre più lucida. L'effetto sta passando. Dopo molto, moltissimo tempo, smetto di parlare. Aspetto l'ennesima domanda, che non arriva. Mi volto a guardare accanto a me.

Si è addormentato.

Una mano ancora a contatto con il mio zigomo.

Ha un'espressione innocente, come quella di un bambino. Gli occhi chiusi come porte di cui vorrei avere le chiavi. Per raggiungerlo nel sogno in cui in un soffio è scivolato via.

Sorrido, e meno male che i sorrisi non fanno rumore.

UN ANGELO SENZA ALI

Mi sveglio senza capire dove sono.

— Buongiorno — dice una voce familiare alle mie spalle.

Mi tiro su di scatto e una vertigine mi assale. Strizzo gli occhi e massaggio le tempie cercando di far tacere il mal di testa.

— Che ore sono? — chiedo.

— Le due.

— Cosa? Ma è tardissimo!

— Tranquilla, Ginevra ha detto ai tuoi genitori che rimanevi da lei. Come stai?

— Bene, credo.

— Aspettami qui, torno subito — dice, uscendo dalla stanza.

Dopo pochi minuti rientra con un bicchiere d'acqua e dei cracker salati.

— Non è il massimo per colazione, ma è ciò che serve nelle tue condizioni.

Bevo l'acqua e mi sento immediatamente meglio. Lui mi guarda e sorride, scuotendo la testa.

— Che c'è?

— Niente, niente, pensavo a stanotte.

— Alla fine il tuo piano ha funzionato — dico. — Non mi sono addormentata.

— Ma le cose che mi hai detto... te le ricordi?

— Sì, certo, più o meno.

— E...ehm, è tutto vero?

Non capisco il senso di questa domanda, ma annuisco. Non credo proprio che sarei riuscita a inventare alcunché nello stato in cui mi trovavo.

Si porta una mano alla testa, la passa sulla fronte, chiudendo gli occhi e facendo un sorriso che sembra un po' malinconico.

Io rosicchio un cracker in silenzio.

Osservo il suo braccio che torna a posarsi sul letto, il polso spunta fuori dalla felpa. Focalizzo lo sguardo sulla pelle diafana, su cui scorgo le linee intrecciate delle vene. E mi accorgo che c'è un piccolo disegno, un simbolo, si direbbe, o forse una lettera.

— Ma quello è un tatuaggio?

Si guarda di scatto il polso, come se anche lui se ne fosse accorto solo ora.

— Sì... è un tatuaggio — risponde con naturalezza. Ma subito dopo si copre il polso con la manica della felpa.

— Bello — commento semplicemente. Lui mi guarda stupito.

— Sì, sì — dice distrattamente. — È un ricordo, o forse un monito.

Rimane in silenzio per qualche secondo, mentre la mano rimane ben salda sul polso. Le sue parole mi incuriosiscono ma decido di non insistere, non sembra che abbia voglia di continuare il discorso, anche se vorrei sapere cosa raffigura e conoscerne il significato.

— Ma i tatuaggi non sono cose da angeli — conclude lui con una vocetta infantile e volutamente sciocca.

— Be', io non sono il classico angelo. Jeans, felpe colorate, braccialetti, Converse, nessuno farebbe caso a me se domani me ne andassi in giro anche con un grosso tatuaggio in fronte.

— Ciò nonostante, si rimane sempre ciò che si è — dice lui in tono enigmatico, chissà perché.

— O che non si è — aggiungo io, tagliente.

— Be', tu sei un angelo.

Mi tolgo la felpa.

La poggio su un lato del letto, mi alzo, mi volto di schiena e tiro su la maglietta per scoprire le scapole.

— Cosa vedi? — gli chiedo.

— Vedo la tua schiena — dice lui, vagamente in imbarazzo.

— Esatto.

Mi lascio cadere la maglia sulla schiena, rimetto la felpa e ravvivo i capelli sconvolti. Mi siedo sul letto e aspetto.

— Non hai ali — dice lui, ma come se stesse cercando di convincersi di una cosa assurda.

Anche il suo impeccabile equilibrio è messo a dura prova da questa scoperta. Il suo sguardo per un istante vacilla, e sembra stia cercando di elaborare la domanda corretta da farmi.

— È così — spiego semplicemente. — Quindi tutto il discorso su quello che si è o che non si è... con me non vale. Cosa sarei io?

Lui mi guarda confuso, io per prima sono meravigliata dalla sicurezza con la quale gli sto ancora parlando di me.

Il tempo si dilata un po', si stiracchia nei suoi secondi e minuti, e un silenzio privo di imbarazzo riempie la distanza tra noi due, lasciando la mia domanda in sospeso. Mi guardo attorno e mi accorgo che la stanza in cui ci troviamo è piena di pile di libri, cd e scatole aperte sul pavimento.

Poi i miei occhi tornano a posarsi su di lui, che pare distratto da un lungo pensiero che si arrovella nella sua testa.

Più guardo quel viso, più noto che ha mille sfaccettature: mille enigmi, trappole e doni. Non si scopre fino in fondo, disarmato, svelato, anzi: per quanto lo fissi sembra sempre avere qualcosa di più, qualcosa che ancora sfugge. Ammalia e strega, fa un po' paura, un po' rassicura, ti cattura e quando distogli lo sguardo ne senti come la mancanza.

— Un angelo senza ali — dice Guglielmo, rompendo il silenzio.

— Come?

— Mi hai chiesto cosa sei. Ho risposto. Non è difficile.

— Ma un angelo dovrebbe averle, le ali.

— E perché questa cosa ti preoccupa tanto?

— Non preoccupa me, preoccupa gli altri, quelli che vedono in me solo... una con qualcosa in meno.

— È normale che le persone cerchino di etichettarti, lo fanno per paura. Ti temono perché non riescono a definirti.

— È questo che non capisco, io non voglio essere etichettata, chiedo troppo?

— No, ma non sempre è possibile, non sempre si ha questa possibilità.

— In che senso?

— Voglio dire che se sei una tigre ma ti comporti come un gattino ben venga, ma sarai sempre e comunque una tigre. E questo le persone lo sanno. Non puoi convincerle che sei un gattino. E contemporaneamente le altre tigri ti guardano con sospetto.

— Ma se la tigre non dilania gli altri gatti con i suoi morsi, allora che bisogno c'è di temerla?

— Non lo so. Dimmelo tu.

— Nessuno. Una tigre che non morde non deve far paura.

Sorride. — E sei così sicura che da un momento all'altro non ricomincerà a mordere?

UNA BRECCIA NEL TEMPO

— Dai, vieni — dice alzandosi in piedi e prendendomi per mano. — Ti offro un giro turistico per la casa.

Usciamo dalla camera, chiude la porta dietro di sé e inizia a farmi da guida.

Mi sento tanto piccola in mezzo a questi corridoi sontuosi, tanto insignificante, ed è strano perché vivo in una città zeppa di edifici del passato che avrebbero il titolo per trasmettere una simile sensazione amplificata centinaia di volte. Sarà che all'interno delle mura non ti senti l'ospite entrato dalla porta di servizio nella vita di qualcun altro, qualcuno vissuto in un altro secolo, in un altro mondo...

Qui, mentre attraverso stanze che paiono uscite da un altro tempo, mi sembra di rubare i passi a qualcun altro, di invadere l'intimità degli antichi proprietari di questa casa, la cui porta fino a qualche settimana fa non era stata varcata da anni.

Forse se faccio attenzione in uno di questi specchi vedrò il riflesso dell'orlo di un vestito sparire dietro un angolo.

Questi pensieri mi mettono i brividi.

— Freddo? — chiede Guglielmo.

— No, è che casa tua fa uno strano effetto.

— Peccato — mi scocca uno sguardo falsamente insolente. — Credevo fosse la mia presenza.

Rido in modo sguaiato per nascondere il viso che avvampa.

— Vieni, ti faccio vedere la cosa più bella di questa casa.

Scendiamo le ampie scale di pietra fino al piano di sotto. Ci fermiamo davanti a una grande porta con una cornice di pietra, più vistosa delle altre.

Guglielmo tira fuori una grossa chiave di ferro, armeggia con la pesante serratura e apre.

— C'è un po' di polvere, non abbiamo fatto in tempo a ripulire del tutto.

Allarga un braccio come per mostrarmi un tesoro, come un'autentica guida turistica.

— Questa è la stanza che preferisco in assoluto.

Entro.

Perdo definitivamente i contatti con il mondo reale: quella stanza sembra una breccia nel tempo.

Pavimenti di marmo liscissimo e lucido, due caminetti dello stesso materiale immacolato alle due estremità della sala, scrivanie di legno massiccio scuro, segnato dal tempo, poltrone rivestite di stoffe pesanti e ricamate, le pareti nascoste su ogni lato da una grossa libreria che arriva fino al soffitto. Ovunque, libri, tonnellate di libri.

Il padrone di casa si avvicina a una delle pareti e sfiora con un dito le copertine dei libri, sembra li accarezzi.

— C'è di tutto qua dentro, molti testi di cui ignoravo l'esistenza, che parlano anche di questa città.

Si dirige verso una grossa scrivania in un angolo della stanza.

— Mi piace venire qui, è un posto rilassante.

Mi siedo su una poltrona.

— Avevo intuito che ti piace leggere.

Più che un'intuizione è un'evidenza: gira sempre con un libro in tasca.

— Non è solo che mi piace, lo adoro.

Sorrido, siamo in due.

— È una linfa vitale, è una droga ed è... magico.

Sfoglia le pagine consumate di un volume che ha davanti.

— Quando leggi il mondo non esiste più, puoi fingere che quello che stai leggendo sia assolutamente reale, o che la realtà semplicemente svanisca. Puoi essere tutto ciò che desideri in un libro...

Tiro su le gambe e appoggio la testa sulle ginocchia. Lui cammina verso un angolo della stanza, e in quel momento mi accorgo di un gattino nero addormentato.

— Eccoti qui, Schwartz — dice Guglielmo prendendolo in braccio delicatamente. Il micio si stiracchia tra le sue mani e lui gli fa una carezza. — Te ne vai sempre in giro...

Guglielmo passa davanti alla grande finestra di vetro mentre un raggio di sole la attraversa e crea un cono di luce che arriva fino a lui, facendo balenare piccolissime tracce di pulviscolo che aleggiano delicate nell'aria.

Sembra un'immagine irreale.

La luce illumina i suoi capelli chiarissimi scolpendoli in un delicato gioco di ombre, il piercing brilla come un diamante incastonato nella sua fronte. Piccoli coriandoli di polvere come frammenti di cristallo volteggiano tutt'intorno.

— Sei stata sincera con me — dice, scuotendo la sacralità di questa immagine. — Voglio esserlo anch'io.

Accarezza il gattino nero come la pece, che mi fissa con occhi felini e gialli come agata, insieme a quelli di vinile del padrone.

— Sono il nipote di Nora, vivo con lei perché i miei genitori sono morti, ma non è per questo che sono venuto in questa città, di cui, non credere, so molto più di quanto immagini e più di quanto tu stessa sappia.

Si ferma un istante, il gatto socchiude gli occhi, che diventano due fessure. Io non respiro più.

— Io non sono quello che credi.

Gli occhi mi fulminano come la prima volta che li ho visti, ormai quasi un mese fa, davanti a quella panchina a bordo del mio motorino. Non sono umani, sono solo due proiettili scuri e ghiacciati che affondano nella carne e nella mente.

— Credi davvero che gli angeli siano la cosa più potente che esiste a questo mondo? Che siano l'unica cosa da temere?

Anche la voce è di nuovo quella di cui a suo tempo ho avuto paura. Le sensazioni che riemergono sono le stesse della prima volta che l'ho visto: ansia, confusione, non paura ma qualcosa di molto diverso, di molto più difficile da cogliere e classificare.

— Si è sempre ciò che si è... e bisogna farci i conti.

Lo guardo corrugando la fronte, con quel gatto in braccio e quell'espressione... cosa vuoi dirmi? Chi sei? Cosa sei?

In questo istante mi rendo conto che anch'io sono come tutti gli altri, che anch'io ho paura delle cose che non riesco a definire. Che anch'io ho bisogno di etichettare le persone, specie se queste non assomigliano a niente di ciò che ho conosciuto fino a oggi.

— Tu non devi avere paura... io spero solo che...

In quel momento squilla il mio ccllulare.

È mia madre.

Devo tornare immediatamente a casa. Le sue parole non ammettono repliche, e il suo tono mi preoccupa. È successo qualcosa. Qualcosa di molto grave.

LA VERITÀ È UN'ALTRA

Il tempo scorre ancora, non c'è niente che lo possa fermare. Neanche un cuore di ragazza, neanche un cuore di ragazza che si arresta. Giovane e innocente.

Non piango. Non parlo.

Non respiro neanche.

La stessa immagine continua a tormentarmi.

Alessia, un po' brilla, che mi parla; io che la abbraccio per sorreggerla, poche ore fa.

Una mia amica, non c'è più.

Sono chiusa in camera da due giorni, le tende sempre tirate. L'unica differenza tra il giorno e la notte è il sogno, anzi l'incubo che mi aspetta ogni sera.

Ginevra mi ha chiamato in lacrime, l'ho ascoltata in silenzio, cosa avrei potuto dirle?

L'incubo è sempre lì.

Accanto a me, seduto, spaventoso e paziente, quando chiudo gli occhi arriva, con i suoi artigli.

E fa male, perché ci sei tu, Alessia.

Alla stazione io ti saluto, tu sali sul treno che ti strappa per sempre dalla nostra vita.

Sali e te ne vai.

Prima mi abbracci e mi dici: attenta.

Sorridi mesta, non stai partendo per una bella vacanza, e lo sappiamo entrambe.

— Attenta al cuore.

Io non ti capisco, penso solo che il treno partirà, come ogni notte e io non voglio.

— Ale, ti prego, resta — supplico con la voce rotta dai singhiozzi.

Tu scuoti appena la testa, piano, colma di una certezza che io non ho, mi mostri l'incavo sotto la scapola sinistra, con un enorme squarcio, rosso e profondo. Sorridi ancora, triste.

— Attenta al cuore — ripeti.

Sali e il treno parte.

Mi sveglio con un groppo in gola, il respiro affannato e il cuscino bagnato di lacrime.

Terzo giorno della mia agonia, domani devo tornare a scuola.

Se penso che in classe ci sarà un posto vuoto mi sento male.

— Possiamo parlare un attimo, tesoro? — chiedono i miei. Elena è già seduta accanto a loro.

Annuisco e li raggiungo.

— Vittoria, sappiamo che sei sotto shock, ma dobbiamo parlare un po' di quello che è successo, ce la fai?

Annuisco, anche se non sono certa di poter nominare il suo nome senza scoppiare in lacrime.

— Le cose non sono andate esattamente come ti abbiamo raccontato...

Il dolore si offusca per un attimo perché questa informazione mi sembra assurda. Cosa stanno per dirmi? Come sono andate le cose?

— Non è stato un suicidio — dice secca mia madre.

— Ma, allora? Chi è stato? Stanno indagando? E perché mi avete mentito?

— Aspetta cara, ora ti diremo ogni cosa. Devi fidarti di noi, non potevamo fare altrimenti. Il caso è stato subito archiviato come suicidio perché le circostanze del ritrovamento facevano supporre che le cose fossero andate così. La polizia ha tratto le proprie conclusioni, e la comunità degli angeli ha lasciato che fossero queste. Ma la verità è un'altra... Un angelo non muore così, semplicemente, per qualche ferita.

Con queste ultime parole mia madre china il capo, come pressato dal peso della rivelazione che sta per fare. Si crea un silenzio surreale nella stanza. Mio padre, accanto a lei, guarda altrove. I miei genitori non riescono a proseguire.

— Allora, mi volete dire cosa diavolo è successo? — chiedo io esasperata.

— Amore, noi... non siamo l'unica cosa potente e da temere a questo mondo.

Di tutte le combinazioni possibili di parole, proprio questa doveva scegliere mia madre, proprio questa frase, che mi rievoca in un secondo quell'immagine di lui, e quella stessa sensazione, come un soffio d'aria gelida da una finestra che si è aperta di colpo, mi assale.

— Demoni — aggiunge mio padre. — L'unica cosa che può uccidere un angelo: un demone.

Mi mostra un'immagine da un libro che non avevo mai visto in casa nostra, chissà dov'era nascosto.

Una figura femminile e una maschile. Lei ha capelli biondissimi e occhi di fuoco, unghie lunghe e nere, in una posa raffinata e intimidatoria; lui è appoggiato a terra, come un felino proteso in avanti, capelli neri, unghie nere e sguardo di cenere. Hanno ali nerissime e la ragazza ha un segno sul bacino, impresso sulla pelle di alabastro. Un piccolo simbolo, che mi ricorda qualcosa... possibile che? No, non è possibile.

Si è quel che si è. Sono parole sue.

Non voglio crederlo. Non posso credere che proprio lui...

Un demone.

La parola ghigna, si fa beffe di me e si compiace di se stessa: Demone.

La stanza si fa nera e sfocata, si accartoccia e mi inghiotte. Poi sento il pavimento contro la schiena. E il buio.

Buio.

Silenzio.

Sono morta anch'io, penso.

Ma il buio presto si apre, si squarcia, lasciando passare uno spiraglio di luce. Vedo un viso chino su di me, quello di mia sorella.

— Vichi?

Non rispondo.

— Vichi, mi senti?

Muovo la testa per dire sì.

Sono sul divano, adesso. Mi tiro su, mia madre mi appoggia un cuscino dietro la testa, Elena mi passa un bicchiere di acqua e zucchero. Bevo un sorso, ma mi va di traverso e tossisco. Lo zucchero è amaro come il fiele.

Restano in silenzio, mi guardano e basta, pieni di apprensione e forse di senso di colpa.

— Perché non mi avete mai detto niente?

— Non potevamo. La comunità aveva deciso che finché il pericolo non si fosse presentato, era meglio tenere la maggior parte degli angeli all'oscuro. Non potevamo parlartene, non avresti capito.

— Ma certo! Io non avrei capito, come sempre! E perché adesso invece capisco benissimo? Come avete potuto nascondermi...

— Non esagerare, lo abbiamo fatto per proteggerti.

— Come pensavate di proteggermi nascondendomi l'esistenza di un pericolo? — chiedo e sento la fermezza dei miei genitori vacillare. Ma è una ben magra soddisfazione in un momento come questo.

— Lorenzo lo sapeva? — chiedo.

— Certo che no!

— Ma i suoi genitori ovviamente sì.

— Sì, gli adulti ne erano al corrente.

La mia voce è ancora alterata. — Paride? Ludovica?

— No, no...

Scuotono la testa, abbassano lo sguardo.

La mia voce si incrina.
— E... Alessia?
Mia madre muove pianissimo la testa, quasi in modo impercettibile, quasi temesse di scuotere l'aria: no.
Le lacrime escono di nuovo, speravo di averle relegate in un posto lontano.
— Lei non lo sapeva? È morta... e non sapeva neanche di essere in pericolo? Dovevate aspettare che qualcuno morisse per decidere di dircelo?
Mi alzo in piedi.
— Vittoria, non si tratta di questo! Non sapevamo che sarebbero venuti qui! La verità è che nemmeno noi, al momento, sappiamo chi sono o dove si trovano — risponde mio padre.
— Cosa vuol dire? — chiedo io confusa.
— Non sappiamo chi sono, non sappiamo da chi dobbiamo difenderci... — aggiunge lui.
Lo stomaco si attorciglia, il sospetto è un fiotto amaro in bocca.
Mia madre mi guarda e sembra capire i miei pensieri.
— Quello di cui siamo certi — continua lei — è che non si tratta di persone che vivono in questa città da tempo. Abbiamo dei sospetti, ma non possiamo agire senza prove certe.
— E quindi? Cosa facciamo intanto? — chiede mia sorella.
— Non uscite di casa da sole, non state fuori la sera ed evitate le persone che non conoscete.

Il disgusto e la tristezza per ciò che è successo, la paura

e l'angoscia per ciò che potrebbe accadere si mescolano insieme, vorticano così, come agitati dal vento e cadono, si depositano come piume letali e senza vita, in un punto impreciso e recondito di me.

Passa una settimana.

Ne passano due.

Non sono andata al funerale, a quanto ne so è stato molto sobrio, nella cappella del Duomo, quella nascosta dall'abside, a cui si accede attraverso una porticina piccolissima, dietro l'altare.

C'erano moltissimi fiori.

Per me il tempo si è fermato a quel pomeriggio.

LA NOTTE È SILENZIO

Anche questa notte non riesco a dormire. Mi alzo dal letto e vado in sala. Prendo un giornale e mi butto sul divano. Cerco di leggere un articolo, ma dopo poche righe rinuncio. Mi alzo e vado a prendere un bicchiere d'acqua in cucina. Ne bevo metà, l'altra la verso nel lavandino. Prendo il cellulare, chiamerei volentieri Lorenzo, ma starà dormendo.

Mi rimetto sul divano.

Canticchio una canzone, una delle mie preferite, molto allegra: *It's time to dance*, dei Panic at the Disco, lo faccio per tenere la mente occupata, ma questa volta non riesce a distrarmi dai miei pensieri.

Quante persone in questo preciso momento non riescono a dormire?

Quante si sentono in caduta libera senza il minimo appiglio in un baratro di cui non vedono il fondo?

La cosa che più mi spaventa, poi, ho paura ad ammetterla persino a me stessa, quindi la ricaccio subito indietro ogni volta che si ripresenta, cioè ad ogni istante. La nascondo insieme al solito senso di non appartenenza.

Durante il giorno è più semplice, basta fare un po' confusione, parlare, muovere un piatto o un bicchiere, accendere la TV. Ma la notte... la notte è silenzio. E il silenzio è peggio del rumore che perlomeno copre il brulicare delle idee. Lo dice anche Max Pezzali.

Ogni cellula del mio corpo conosce quell'idea che tormenta i miei pensieri. Ma non ho prove. Anzi, ne ho una, piccola.

Non così piccola, in realtà.

Ho dei pezzettini di puzzle che non necessariamente delineano proprio quel disegno, quella figura. Non per forza si incastrano a formare quella conclusione. Spero di sbagliarmi, perché altrimenti, se così non fosse, vorrebbe dire che mi sto innamorando del mio potenziale assassino.

Mentre vago irrequieta per la casa mi accorgo che la porta dello studio di mio padre è aperta. È appena socchiusa, una lama sottile che non è usuale e sembra invitarmi.

Il libro è lì di certo, da qualche parte. E se voglio delle risposte, o almeno qualche altra informazione, me le devo andare a cercare.

Spingo pianissimo con tre dita sulla pesante porta di legno. Il fascio di luce proiettato sul pavimento si allarga. Rimango un po' sull'uscio, indecisa.

Sono sull'orlo del burrone, tutt'intorno ci sono ancora l'erba e i fiori, davanti solo l'oscurità del precipizio e soprattutto l'ignoto. Al di là della porta però, forse c'è una risposta.

Entro.

Il libro è sulla scrivania. Mi avvicino, tentenno, ho paura di quello che potrei scoprire. Lo guardo con più attenzione, lo studio come una creatura sconosciuta e vagamente pericolosa.

È piuttosto grande, probabilmente anche di un certo peso, i bordi sono un po' rovinati, la copertina non è comunque vistosa; è un volume vecchio, le pagine sono segnate dal tempo e dall'umidità. Il titolo è scritto in corsivo, forse direttamente in inchiostro.

Creature mitiche e leggendarie.

Apro una pagina a caso. Lo sfoglio finché non trovo quell'illustrazione. È talmente minuziosa da sembrare viva, in procinto di staccarsi dalla pagina.

Il mio sguardo tremula sui loro occhi, specialmente su quelli di lui, straordinariamente simili a quelli di Guglielmo, seppur con un filo di espressività in meno... ma cosa potrebbe emulare la sagacia e il magnetismo dei suoi occhi?

Il simbolo impresso sulla pelle della ragazza è ben visibile, e anche questo dannatamente familiare.

Sospiro e distolgo gli occhi dalla pagina. Ma la curiosità è più forte del dolore che mi provoca la scoperta.

Chiudo il libro, ma subito lo riapro. E leggo.

Anche Platone, Pitagora, Senocrate e Crisippo, seguendo in questo gli antichi teologi, sostengono che i demoni possiedono una forza superiore a quella umana, e che ci sorpassano decisamente per la potenza della loro natura: ma l'elemento divino che è in loro non si presenta mai puro e omogeneo, bensì determinato sia dalle caratteristiche intrinseche dello spirito, sia dalle attitudini sensoriali del corpo, e come tale passibile di percezioni piacevoli o dolorose. Gli elementi di disordine connessi con tale ibridismo intervengono a limitare con intensità diverse le facoltà dei singoli demoni. Esistono infatti anche tra loro, come tra gli uomini, profonde differenze di qualità.

Il libro mi cade dalle mani, come un bambino che si ribella all'abbraccio della madre. Rimango qualche secondo indecisa se proseguire la lettura. Quindi lo raccolgo.

Il cielo li insegue pur anche nel mare,
e il mare li sputa alla terra, e nei raggi
del sole mai stanco la terra li getta,
e il sole di nuovo nei gorghi del cielo:
l'un l'altro li cedono, sempre aborriti;
quando poi hanno avuto la giusta punizione
e si sono purificati, allora possono riprendere
il posto e il grado che a loro assegna la natura.

Questa volta chiudo il volume e lo ripongo sul tavolo, là dove l'ho trovato. Esco dallo studio, ben attenta a chiudermi la porta alle spalle.

Sono di nuovo in sala. Guardo gli oggetti intorno a me. Al buio sembrano riposare, beati loro che ci riescono. Gli oggetti conosciuti anche al buio non fanno paura, anzi, quasi mi rassicurano con i loro profili familiari.

Come i visi delle persone care.

Adesso l'oscurità su di me è molto densa, soffocante, come un oceano di inchiostro e petrolio. Ho bisogno di avere un viso amico vicino.

Prendo il cellulare, anche se dorme so che non è vero riposo, e sono sicura di non disturbarlo.

Sto per digitare il suo numero, quando il display si illumina. Sorrido.

— Lorenzo, ti stavo per chiamare io!

— Vichi — dice una voce. È quella di Lorenzo, ma c'è qualcosa che non va. — Vichi — ripete. Questa volta è un sussurro.

— Lorenzo, che c'è? Cos'è successo? — chiedo allarmata.

— L'ho fatto... per voi — dice con un filo di voce. — Anche se non è andata... proprio come volevo.

— Lorenzo, mi stai spaventando! Dimmi dove sei!

PIUME SCARLATTE

Cammino per le strade deserte, Viterbo fa quasi impressione, pare una città fantasma. La notte è umida e fredda. Il primo giorno di scuola ormai è lontano, sembra trascorsa un'eternità.

La città vuota, con le vie spoglie piene solo di vento e della luce fioca dei lampioni, mi fa sobbalzare a ogni rumore. Ogni scricchiolio è un boato, ogni crepitio un'esplosione.

Cammino a passi sempre più veloci.

Il vento ulula, come un animale, come una bestia.

All'improvviso sento il cuore in gola, battere impazzito. Ho l'impressione che ci sia qualcuno alle mie spalle. Mi stringo nel giubbotto, come se bastasse quello a proteggermi.

Cerco di tranquillizzarmi: non c'è nessuno.

Sono quasi arrivata. Lorenzo dovrebbe essere qui.

Non c'è nessuno, mi ripeto, ti stai autosuggestionando. Non c'è nessuno che ti segue, sei sola.

Proprio come lo era Alessia.

Proprio come lei, che stava tornando a casa, sola. Prima di morire.

Arrivo nel luogo dove Lorenzo mi ha dato appuntamento ma non vedo anima viva. La piazza è vuota, la paura mi riassale con maggiore impeto. Abbraccio l'intera piazza con uno sguardo e mi soffermo sulle scale della chiesa.

E vedo il mio amico.

Il mio cuore impazzito si ferma.

Il peperino grigio sporco di rosso.

Il peperino grigio intriso del suo sangue è il mio peggiore incubo. Corro verso quelle scale. Mi sporgo sulla forma del suo corpo immobile. È sporco del suo stesso sangue: i vestiti, il viso, i capelli, le ali.

Le ali?

— Lorenzo! Che cosa ti hanno fatto?

Mi copro il viso con le mani, soffoco milioni di singhiozzi che si susseguono fortissimi, come colpi in pieno petto.

— Lorenzo, rispondi! Dimmi che sei vivo!

Sfilo la bandana viola dai jeans e cerco di tamponare i rivoli più intensi, macchiandomi le mani. Strappo via le gocce bollenti e salate che offuscano la vista dei miei occhi.

Le ali sono piegate in modo innaturale sotto il suo peso, sporche di sangue vermiglio. Piume bianche intinte di porpora giacciono tutto intorno, tremano e non si sollevano al vento; tremano, sembrano i petali di un bellissimo fiore sfinito dalla tempesta. Dalla schiena continua a fuoriuscire sangue a fiotti caldi e densi, che imbrattano il candore di quella delicata appendice e della sua pelle.

— Vichi?

Parla! È vivo!

— Sono qui... — sussurro, tra i singhiozzi.

— Va tutto bene — mormora con un filo di voce.

Tiene gli occhi chiusi e una smorfia di dolore contraddice le sue parole.

— Non va tutto bene, Lorenzo...

— Sì... sì, sto bene.

Apre gli occhi, finalmente.

— Non piangere... non è niente.

Ha la voce flebile ma la risolutezza di sempre.

Il flusso di sangue dalla schiena sembra placarsi.

— Dammi solo un secondo... so quello che... — non riesce a finire la frase. Volta la testa e corruga la fronte, colto da uno spasmo di dolore.

In un paio di secondi le ali spariscono. Rimangono a ricordarle solo le piume scarlatte sul selciato e il sangue tutt'intorno.

Il suo respiro si fa più regolare, mentre cerco di tamponare le ferite che ha sul resto del corpo. I due enormi squarci che gli percorrono la schiena stentano a rimarginarsi.

Rimaniamo in silenzio, nell'aria si sentono solo i singulti smorzati dei miei singhiozzi che ancora non si placano.

Il cervello va a mille all'ora. Immagina una scena a cui non ha assistito, la ipotizza, la vede reale.

Ti vedo solo, qui, nel quartiere medievale deserto, ad aspettarmi. Ti vedo voltato di spalle, sovrappensiero magari. Vedo un ombra di quelle che poco fa mi hanno spaventato allungarsi su di te, ti vedo lottare per non soccombere. Ogni frammento osseo del mio scheletro trema.

— Lorenzo, ti prego... dimmi cos'è successo. Chi è stato? Chi ti ha fatto questo?

Lui si volta verso di me. Gli occhi azzurri carichi di stupore e allo stesso tempo di vigore, uno strano vigore.

— No, Vichi, non hai capito... Tutto questo... me lo sono fatto da solo.

La vita a volte mi sembra come quel vecchio gioco: il domino. Proprio quando le tessere sono in piedi, dritte e incolonnate, vicinissime tra loro, basta farne cadere una perché a ruota la seguano tutte le altre, una a una. Da qualche mese o poco meno sembra che la nostra esistenza, così normale e abitudinaria, si sia incrinata: una dopo l'altra, le nostre certezze stanno crollando e gli avvenimenti si susseguono in un modo inaspettato, come tessere del domino.

Tutto questo non ha senso!

I suoi muscoli si tendono nello sforzo di mettersi a sedere e in quell'istante mi accorgo che le ferite più lievi si sono rimarginate, neanche si vedono più. Rimangono solo un grande sfregio vermiglio sul braccio destro e un graffio profondo sulla fronte.

E due solchi scuri di sangue che gli attraversano la schiena.

La sua felpa verde ha due grandi lacerazioni sulla

schiena, ovviamente là dove le ali si sono fatte strada.

La prende in mano e sorride, divertito.

— Accidenti, era una delle mie preferite.

Mi tolgo il giubbotto.

— Tieni, ti starà un po' stretto ma almeno è caldo.

— Non volevo farmi trovare in questo stato... mi dispiace.

— Ma perché... io non ci capisco più niente. Vuoi spiegarmi cos'è successo?

— L'ho fatto per voi — dice pianissimo, senza neanche guardarmi in viso, a malapena sento la sua voce tanto è flebile.

— Per voi... per te e Ginevra... perché Alessia è morta, è morta di una morte che non sapeva di dover temere, è morta perché non aveva nessuno che potesse proteggerla...

La voce va aumentando di tono di parola in parola.

— E io non so cosa sia quello di cui dobbiamo avere paura, e odio non poterlo sapere, ma se qualcosa o qualcuno dovesse provare a farvi del male, qualsiasi genere di male...

La voce ora è sempre più alta.

— Io giuro che voglio essere lì per guardare in faccia questo mostro e strappargli la vita con le unghie, anche a costo di morire se necessario. Ecco perché sono venuto qui, stanotte, lontano da casa, per potermi esercitare, per essere pronto a qualsiasi cosa... per essere pronto a difendervi. Per questo ho tirato fuori le ali. Perché il giorno in cui me lo troverò davanti, saprò come reagire.

— Ti troverai davanti chi? Di chi stai parlando?

— Del demone — risponde, e quella parola rimbomba nella mia testa come un'accusa. — Non ha attaccato una ragazza normale, ma un angelo… Ha attaccato l'unica cosa capace di ucciderlo, se solo avesse saputo e magari non fosse stata così… vulnerabile.

— Come? — chiedo. Mi sembra di non riuscire a seguire i suoi ragionamenti, ma soprattutto mi pare che lui sappia molte più cose di me su questa questione.

— Gli angeli muoiono per mano dei demoni… — continua lui — … e i demoni muoiono per mano degli angeli: siamo gli uni il veleno degli altri. Siamo uno la morte dell'altro.

Quello che provo non è solo sciocco e stupido, è pazzesco e pericoloso, non solo per me. Non posso dirlo a Lorenzo, non posso dirlo a nessuno, non lo dirò neanche a me stessa.

Basta. Le persone prendono decisioni fondamentali tutti i giorni e adesso, stando così le cose, ne prendo una anch'io.

Da stasera eviterò Guglielmo… come la morte.

NON POSSO PROMETTERLO

Passano alcuni giorni. La vita riprende come se niente fosse. Ricomincia a girare, inizia di nuovo il suo circolo. Mi riprende nel vortice. Mi riavvolge nel meccanismo.

Io mi lascio condurre.

Mi lascio catturare dagli impegni di tutti i giorni, dalla scuola, dallo studio. Mi interesso della mia famiglia, anche più di quanto normalmente faccio, e dei miei amici. Mi sento la solita ragazza di sempre, con la solita vita di sempre, i soliti pensieri. Vado avanti e sorrido, non ho ombre negli occhi, nascondo tutto alla vista.

Vado avanti e sorrido.

La sera però, quando sono da sola nella mia stanza, quando abbasso l'ultimo sipario, quando spengo le luci di scena del mio personale palcoscenico ed esco dalla parte che sto energicamente recitando, la mia corazza lascia fuoriuscire il dolore che reprimo.

Il dolore sordo di una bambina che ha paura perché

non sa quello che vuole. O che forse lo sa e si rende perfettamente conto dell'assurdità di ciò che desidera.

Sono le otto e venti di mattina, io e Ginevra stiamo entrando a scuola in ritardo, ma neanche troppo per i nostri standard: una volta tanto non sembriamo Alice che insegue il Bianconiglio. E non siamo le sole a esserci attardate.

C'è anche Lui.

Legge, sai che novità, seduto sull'ultimo gradino, la schiena appoggiata contro la colonna dell'entrata. Sembra una statua.

Qualche ragazzina del primo anno lo guarda con gli occhi completamente fuori dalle orbite, una evita per un soffio di andare a sbattere contro un vaso. Colui che provoca tutta questa confusione neanche se ne accorge. In compenso si accorge benissimo di noi due. E alza la testa.

Ginevra sorride e lo saluta con la mano.

Lui sorride, educato, in risposta.

Poi mi guarda, sempre sorridendo, aspettando un saluto, credo, o un piccolo cenno. Che non arriva.

Il sorriso si spegne, lo sguardo si incrina, come un bellissimo vetro oscurato. Gli occhi confusi cercano i miei, ma io evito il suo sguardo e mi affretto sulle scale.

Salgo i gradini a due a due, Ginevra mi insegue.

— Ehi, rallenta! Che c'è? Ti sei accorta solo adesso che siamo in ritardo? — mi chiede scherzosa.

Mi fermo.

— Sì, dai, sbrighiamoci — rispondo io ostentando naturalezza. Ma non la frego.

— È successo qualcosa che non so?

— Perché?

— Perché non hai salutato Guglielmo? Era lì davanti a noi e a malapena lo hai guardato... Devo ricordarti che ti ha quasi salvato la vita?

— Non esageriamo...

— Non esageriamo? Se non era per lui tu staresti ancora in quella stanza, da Marco, praticamente drogata, con Paride che ti usa come tagliere!

— Sì, certo, non volevo dire che... — non volevo dire proprio niente.

— Quindi scusa, ma il tuo comportamento non lo capisco.

Fortunatamente a quel punto siamo in classe, per cui posso mettere fine a questa conversazione.

Vita zero, Vittoria uno.

Ma la vita riparte alla carica a ricreazione.

— Perché mi eviti?

Guglielmo spunta fuori da dietro le mie spalle, in classe, e sobbalzo quasi fino al soffitto sentendo la sua voce così, senza preavviso.

— Non ti sto evitando.

— Non mi parli.

— Ora ti sto parlando.

Mi prende una mano. Questo contatto non era previsto e mi sforzo di restare calma.

— Come va la ferita? — chiede con una voce che è un sussurro delicatissimo. Poi tira su un po' la manica della felpa e scopre il braccio, per esaminarlo con i suoi occhi.

La linea sottile del taglio è ancora visibile, non più

rossa, ma ben visibile, nonostante il tempo trascorso.

Guglielmo passa un dito lungo la cicatrice ancora fresca provocandomi un leggero fremito lungo la schiena.

Allontano il braccio da lui.

Il suo sguardo cerca il mio, vedo la confusione in quegli occhi di brace.

— Vuoi che me ne vada?

Raccolgo una quantità di forza indescrivibile per fare un leggerissimo cenno affermativo con la testa.

— E vuoi che non torni più?

Ancora più forze per un cenno ancora più breve.

Sento i suoi occhi incenerirmi il cuore, mentre sussurra: — Non posso promettertelo...

Esce in un secondo, la classe è vuota. Vuota per davvero. Come se nel punto che prima occupava si fosse aperta una voragine.

All'ora di pranzo, lui è davanti all'uscita della scuola, ma è già in sella alla sua moto. Rispetta il nostro strano accordo e scappa via subito. Il motore sbraita allontanandosi, ricalcando il malumore del centauro.

— Sei sicura di stare bene? — mi chiede Lorenzo. — Sei molto pallida.

— Sto bene — lo rassicuro, ma il tono della mia voce mi tradisce.

Sto di schifo, ma me lo merito e non fa poi tanta differenza.

Il braccio mi fa male, la cicatrice sfiorata dalle dita di Guglielmo brucia come se mi fossi appena tagliata. Ma presto si rimarginerà completamente, così come il vuoto lasciato da lui.

TUTTI TRANNE LUI

Ignorarlo diventa ogni giorno più facile e al contempo più doloroso. Ma ci si abitua a tutto: alle situazioni piacevoli come a quelle disperate. Il corpo assorbe tutto, lentamente ma inesorabilmente, manda giù entusiasmo e malessere, gioia e lacrime; divora ogni traccia e un bel giorno ti svegli e ti accorgi che non è rimasto più niente. Niente.

Io attendo fiduciosa che quel giorno arrivi.

— Cosa c'è che non va, tesoro? — mi chiede mia madre, preoccupata. Siamo a tavola e io non ho toccato cibo. Mio padre è ancora al lavoro ed Elena è a cena fuori con degli amici.

— Niente, non ho fame.

— Però dovresti mangiare, sei sciupata.

— Sì, lo so, mamma, hai ragione — le dico io per accontentarla.

— È successo qualcosa? — chiede lei, ma subito si corregge. — Qualcos'altro?

Vorrei dirle che è successo tutto. Che da quando l'ho accompagnata in quella maledetta casa, da quando ho conosciuto Guglielmo, niente va più come dovrebbe. Ma ci sono troppe cose che dovrei spiegarle, e non sono certo in vena di confidenze.

— Vado in camera — dico, e lei mi lascia scivolare via.

Trascorrono tre settimane. Ogni giorno, all'intervallo, percorre il nostro corridoio fino al distributore del caffè. Prende il bicchierino ma lo lascia integro e passando guarda attraverso la porta, di sfuggita.

Sono solo pochi secondi.

Io li conto nella mia mente, evitando di alzare gli occhi.

Conto finché non passano, finché non passano due volte. Poi suona la campanella e io ricomincio a respirare.

Una mattina la professoressa di Storia entra in classe con un entusiasmo sospetto stampato in faccia.

— Buongiorno, ragazzi! — ci saluta con un insolito sorriso.

La classe trema. L'entusiasmo di un professore raramente va di pari passo con quello dei suoi alunni.

— Io e il docente di Storia dell'Arte abbiamo pensato di unire le forze e farvi studiare i capitoli sulla storia e l'arte antica legata ai nostri luoghi in modo diverso. L'idea è di mandarvi nel nostro sito archeologico rupestre a fare un po' di ricerche, nulla di troppo complicato: osservazioni, qualche foto e qualche schizzo, per poi confrontare il tutto in classe e anche con i libri di testo.

Il nostro sito archeologico rupestre: tombe etrusche dimenticate da tutto e da tutti.

— Naturalmente lavorerete a gruppi — si affretta ad aggiungere l'insegnante — o meglio, a coppie. Ogni coppia dovrà poi realizzare una relazione dettagliata della propria attività di ricerca.

Ginevra mi rivolge uno sguardo di intesa, che io ricambio: saremo una coppia di archeologhe da sballo!

— Ah, quasi dimenticavo, le coppie saranno miste.

— Miste? — chiede qualcuno nelle prime file. Effettivamente questa non si è mai sentita. Perché mai si dovrebbero fare delle coppie miste?

— Nel senso un ragazzo e una ragazza? — domanda qualcun altro, per essere certo di aver capito bene.

— Nel senso voi e gli alunni di un'altra classe del professore di Storia dell'Arte, la terza H.

Alla luce del fraintendimento la classe si lascia andare a un concitato chiacchiericcio su questo o quell'altro ragazzo che conoscono nella terza H. Ognuno pensa a chi potrebbe diventare il suo compagno.

E naturalmente ci sto pensando anche io.

La terza H. La classe di Guglielmo.

— Ora stringetevi un po', i ragazzi della terza H ci stanno raggiungendo, cosicché io e il professore possiamo spiegarvi per bene come si svolgerà la ricerca e naturalmente sorteggiare gli accoppiamenti.

Entrano altre venti persone in una stanza che al massimo ne può contenere otto.

Entrano tutti, anzi quasi tutti.

Guglielmo resta sulla porta, più fuori che dentro. La professoressa inizia a sorteggiare i nomi e a formare le coppie.

Non conosco i ragazzi della terza H ma una persona vale l'altra, tutte mi vanno bene, tutte tranne lui.

I nomi si susseguono uno dopo l'altro, le coppie sorteggiate si guardano tra di loro. Qualcuno soddisfatto del compagno capitato, qualcun altro visibilmente deluso. Mancano solo una decina di persone e né io né Ginevra siamo ancora state chiamate. E nemmeno Guglielmo, in verità.

— Dai, ragazzi, che ci siamo quasi — dice il professore. — Ora... Guglielmo e... Francesca.

Sì!

Grande!

Ah ah: vita zero, Vittoria due!

— No, un momento... — interviene la professoressa. — Francesca, tu hai già detto che non ci sarai per quella data, hai un impegno con il coro di istituto, giusto?

— Sì, prof, stavo per ricordarglielo.

— Certo, certo, mi ero dimenticata. Quindi dobbiamo cambiare. Guglielmo e...

SI FORMANO LE VALANGHE

All'uscita galoppo verso la via principale senza guardare o salutare nessuno. Chissà perché il destino continua a spingermi verso la strada che ho scelto di abbandonare. Io vado da una parte e lui mi tira dall'altra. E Lui, è sempre lì.

Sono immersa nei miei pensieri quando mi imbatto in Ginevra, che mi viene incontro con un'aria strana. Cupa. Ed è strano perché non è da lei.

— Ehi, cos'hai? — chiedo preoccupata.

— Non mi ha riaccompagnato a casa.

— Eh?

— Lorenzo, ogni mercoledì mi porta a casa lui...

— Ah, già... e come mai oggi ha saltato?

Ginevra scuote la testa.

— Ha detto di avere da fare ed è scappato via nel giro di mezzo secondo...

Si vede lontano un miglio che non gli crede.

— Magari aveva un impegno con i suoi — dico, cercando una spiegazione a questo avvenimento di per sé non certo drammatico. In realtà, conoscendo Lorenzo, mi sembra abbastanza insolito come comportamento.

— Forse...

Lorenzo, in effetti, da quella sera in piazza è diventato un po' strano.

— Forse si sente solo poco bene — dico. Non ho nessuna intenzione di sbilanciarmi e parlare di ciò che è successo al mio amico la notte in cui l'ho trovato mezzo dissanguato per terra.

— Dai, facciamo un pezzetto di strada insieme — le propongo. — Non sono Lorenzo, ma è pur sempre meglio di niente.

— Sì, sì, grazie — risponde lei appena un po' rasserenata.

Riesco a vedere distintamente i pensieri brutti e negativi come filamenti scuri che si accartocciano nella sua mente confusa e avvilita.

Quando si sta male ogni granello di sabbia è una montagna, lo so bene. E a ragion veduta, è dai granelli di sabbia che nascono le montagne.

E dai fiocchi di neve si formano le valanghe.

La guardo: è così bella. Anche con il viso tirato e la fronte corrugata, sotto il peso di pensieri che non posso comprendere.

Vorrebbe dirmi qualcosa. Forse un dubbio, una supposizione che freme sulle sue labbra rosse increspate di preoccupazione, ma si trattiene: non perché sono io, ma perché un pensiero finché rimane tale lo puoi nascondere agli altri e un po' anche a te stesso... nel momento in cui lo esprimi lo accetti, in qualche modo lo rendi reale e devi farci i conti.

Ci salutiamo di fronte alla via che porta a casa sua.

— Per qualsiasi cosa... — le dico e mi porto la mano all'orecchio, mimando la cornetta del telefono e sorridendo.

Lei risponde al mio sorriso.

Quindi comincio a pensare. Magari il mio amico sta davvero male o forse è solo un periodo difficile. È un periodo difficile per tutti, ultimamente.

La tranquillità, il torpore, la normalità rassicurante della monotonia in cui vivevamo sembra essersi turbata.

Il filo dei miei pensieri è interrotto dalla comparsa di una macchina che per poco non mi tira sotto.

— Ecchecavolo!

L'automobile mi supera senza neanche rallentare.

Passa e la vedo, la distinguo.

È la macchina di Lorenzo, perfettamente riconoscibile nel suo verde marino, con il faro destro un po' ammaccato a causa di una manovra sbagliata in un parcheggio.

Ma casa sua non è in questa direzione. E mentre si allontana mi sporgo per distinguere l'interno dell'abitacolo.

Vedo la sua testa bionda.

È indiscutibilmente la sua auto.

Guardo al suo fianco e mi si gela il sangue nelle vene.

Accanto a lui c'è un'altra persona.

E di certo non è Ginevra.

Lorenzo, deficiente che non sei altro, che cosa stai combinando?!

Magari mi faccio mille paranoie inutili, magari è una cosa innocente...

Però, se è una cosa innocente, perché non ha detto nulla alla sua ragazza?

Ora lo seguo...

Scendo risoluta dal gradino ma poi mi blocco. Non sono fatti miei, cioè sì, un minimo, comunque non è che sia autorizzata a violare la privacy di qualcuno. Risalgo sul gradino.

Ma mica è reato se proseguo "per la mia strada" e casualmente vedo cosa diavolo succede.

Mezzo piede giù dal gradino.

E poi in ogni caso devo andare da quella parte.

Salto sulla strada, mi metto il cappuccio in testa e corro in direzione della macchina, che grazie alla manutenzione delle nostre strade – buca su buca – non è lontana.

Mi sento un tantino scema a inseguire un'automobile, correndo e saltando dietro ogni muro o pianta quando si ferma.

A un incrocio si blocca per far passare alcune auto.

Mi rintano dietro un cassonetto e cerco di guardare meglio il misterioso passeggero.

È una ragazza, si vede dai vestiti e dai capelli.

Parlano animatamente e ridono.

In quel momento lei, chiunque sia, allunga la sua manina viscida e accarezza la guancia del mio amico.

— Ecchecavolo! Razza di idiota...

La macchina riparte, riprendo l'inseguimento. Disgraziatamente il mezzo accelera e la strada diritta e sgombra d'altre auto non mi aiuta.

Comincio a correre più forte che posso, per non perderla di vista. L'auto svolta e finalmente si ferma.

La raggiungo senza avvicinarmi troppo, ormai sto per avere un collasso... Mi metto dietro l'angolo della strada, nascosta da un grosso vaso.

Guardo in direzione dell'auto, che rimane ferma. Le due figure al suo interno continuano a parlottare tra loro per un paio di minuti. Quindi Lorenzo scende, fa il giro della macchina, apre la portiera e aiuta lei a uscire.

La luce del sole la investe in pieno quindi non ho il beneficio del minimo dubbio. Mentre lei ride, su di me cala di colpo la notte più nera.

Una tempesta avvolge ogni senso, ogni percezione.

TI VOGLIO BENE

Ora la riconosco. Riconosco il grande portone e intravedo, oltre il muro di cinta, una minima parte del giardino dove da piccolissime giocavamo mentre le nostre mamme prendevano il caffè e chiacchieravano.

Il giardino dove lei alla tenera età di sei anni ha rapito il mio orsetto adorato e lo ha tenuto in ostaggio per mezza giornata.

Lavinia.

E poi, come se non bastasse, come se non fossi già abbastanza arrabbiata, confusa e schifata, cosa fa il biondo genio della lampada in jeans e Converse? Le porge la guancia per salutarla e ovviamente miss Simpatia ne approfitta e anziché un innocuo bacio sullo zigomo, gli stampa un bacio a fior di labbra.

Okay, adesso vado lì, la prendo per i capelli e la gonfio, quella strega. Ma come si permette?

Purtroppo lei entra in casa prima che io possa mettere in atto il mio proposito.

Lorenzo rientra nell'auto e fa manovra.

Aspetto dietro l'angolo.

Appena passa mi paro davanti a lui con un'espressione minacciosa. Lui inchioda e spalanca gli occhi... se mi avesse visto uscire da un portale aperto su un mondo parallelo la sua faccia non sarebbe stata più stupita.

— Ciao Lorenzo, che coincidenza! Me lo dai un passaggio?

Salgo in macchina e chiudo la portiera con un colpo secco.

È fritto, giuro che se ha fatto qualcosa lo lincio.

Lo appendo al soffitto a testa in giù e ci gioco alla pentolaccia.

Non mi interessa se mi sto facendo gli affari suoi e violo la sua privacy, non esiste privacy tra noi.

Lorenzo cambia marcia nervosamente.

Lo guardo. Guardo quegli occhi azzurri, intensi come il cielo d'agosto, quando sfrecci a rotta di collo con la moto giù per le strade arroventate e deserte; azzurri come il cielo d'estate, che si riversa sugli occhiali da sole come una cascata di colore brillante, sporcando le lenti di zaffiro e indaco.

Guardo quegli occhi e mi accorgo che sono spenti. Colmi di una tristezza vuota, come pozzi profondi di cui all'improvviso intravedo chiaramente il fondo. E in quegli occhi non l'ho mai visto il fondo, mai.

Neanche quando da piccoli piangevamo, con i singhiozzi che ti scuotono il petto per i motivi più sciocchi e infantili ma che in quel momento rappresentano tutto il tuo mondo.

Neanche la sera in cui l'ho trovato riverso a terra nel suo sangue a San Pellegrino erano così smarriti. Vedere quel vuoto mi spaventa, mi turba.

— Allora... è grave — sussurro sfiorandogli una mano, con un groppo in gola. Il mio corpo risponde, allarmato da una sensazione confusa ma palpabile di disagio.

Lui sorride di un sorriso altrettanto vuoto e amaro.

— Non lo so...

Mai furono tanto odiate queste parole. Socrate che era felice del suo "non sapere" non parlava di sentimenti, temo.

Deglutisce nervosamente, si aggiusta la frangia, ancor più nervosamente.

— Ma insomma, tu cosa... — le parole gli muoiono sulle labbra. Si rende conto che è perfettamente inutile recitare la parte di quello che "non sa di che cosa io stia parlando".

— Ginevra mi aveva appena detto che qualcosa tra voi non andava e subito dopo ti ho visto passare in macchina... in compagnia. Vi ho seguiti, lo ammetto, non avevo riconosciuto il passeggero, anzi la passeggera...

L'auto si ferma, siamo arrivati sotto casa mia e neanche me ne sono accorta.

Spegne il motore.

Si volta, guardandomi dritto negli occhi.

— L'ho accompagnata a casa.

Annuisco, cosa posso dire?

— Non è la prima volta, a dire il vero, è successo anche due giorni fa... Non è nulla comunque, non temere, non c'è niente da temere.

— Veramente?

— Sì, è solo che a volte mi piace chiacchierare con lei, in questo periodo.

— Mi giuri che non c'è altro?

Il mio tono non è da inquisitrice, suona piuttosto come una preghiera, credo si legga nei miei occhi spaventati e supplichevoli.

Sorride, per rassicurarmi.

— Ma certo...

— E io... insomma... cosa devo fare ora?

Questo è un bel problema, me ne rendo conto solo adesso.

Sono comunque in una situazione tremenda, tra l'incudine e il martello: stiamo parlando dei miei migliori amici. Tutti e due allo stesso modo.

— Non dirle nulla, non è successo niente e non voglio che si turbi.

— Ma...

— Ti prego, ti assicuro che non è niente e non ce n'è motivo.

Oddio, e adesso?

Mi fissa con sguardo supplice.

Tentenno.

È appeso a un filo, a ogni mio respiro.

— Giurami che non è successo niente, che non è niente.

— Sì, te lo assicuro.

Scavo in quegli occhi, laghi profondi e calmi, rifugi sicuri in cui so nuotare tranquilla. Scavo a fondo, vado alla ricerca di un piccolo lume, di un briciolo di sincerità. E per sua fortuna, credo di trovarlo.

Annuisco appena.

— Ti voglio bene...

Sbuffo.

— Anch'io... è proprio questo il problema.

NON È POSSIBILE

Seduta alla finestra.

Piove.

Le gocce punteggiano il vetro sempre più insistenti, quasi volessero bussare.

Non gli parlo. Non lo saluto. Abbasso lo sguardo quando lo incrocio in corridoio, e più lo evito più ci penso. Più cerco di non pensarci, più mi ritrovo davanti agli occhi l'immagine di quel piccolo tatuaggio sul polso. La prova che lui è il mio assassino. La prova che amare e morire per me sono la stessa cosa. Scuoto la testa ma i pensieri non se ne vanno, rimbalzano da una parte all'altra facendo sempre più rumore. *Sei una sciocca!* Mi dicono. *Non devi aver paura!* Ma altre voci dentro la mia testa mi dicono di stare attenta, mi dicono che non è sciocca la mia paura, e che il dolore che attanaglia il mio stomaco è solo un brandello del sentimento che provo, di quel sentimento che è pronto ad avvolgermi, stritolarmi, soffocarmi, uccidermi.

Un demone. Un angelo. Non è possibile.

L'ultimo pensiero mi fa tornare coi piedi per terra, alla situazione dei miei amici: un angelo, un'umana. Per come stanno le cose ora, nemmeno questa relazione sembra possibile.

Solo ieri Lorenzo mi aveva giurato che non c'era nulla di cui preoccuparsi.

Oggi hanno litigato.

Una lite che, almeno per la parte che ho seguito in diretta a scuola, non sembrava grave. Ma non so come si stia sviluppando, se si sta sviluppando.

Sono entrambi molto nervosi di questo periodo, lo siamo tutti per la verità, forse per il tempo, uggioso, cupo e malinconico, che fa di noi tanti piccoli atomi carichi, elettrici, che orbitano nervosamente intorno al nulla. Forse per la sensazione di pericolo incombente che la morte di Alessia ha lasciato nell'aria.

Io, poi, devo proprio essere angosciata dall'imminente test di Chimica: farnetico di atomi pensando alle persone.

Comunque mi agito sempre quando litigano, mi causa una sorta di malessere, un po' come se a litigare fossero i miei genitori.

Sospiro, il fiato si condensa sulla finestra, ci disegno una faccina triste con un dito.

Il telefono trilla. La diatriba continua, appuro, prendendo in mano il cellulare. Ginevra, stizzita, mi ha mandato un messaggio:

È ancora arrabbiato per la brutta risposta di stamattina.

Era una risposta un tantino acida in effetti, ma niente di offensivo... e poi eravamo tutti alle prese con un'equazione di matematica peggio di un rompicapo, ci può stare che i nervi fossero a pezzi.

E da lì in poi hanno montato il solito casino. Sono entrambi orgogliosi e testardi, è questo il loro problema.

Penso a come rispondere al messaggio della mia amica, vorrei riuscire a tranquillizzarla, per quanto possibile. In quel momento anche il computer emette un trillo.

Mi siedo di slancio alla scrivania, la sedia con le ruote mi catapulta in mezzo alla stanza.

Ritorno faticosamente alla postazione. Messenger è aperto. Il trillo è di Lorenzo, anche lui mi rende partecipe della situazione.

Non capisce proprio quanto questi suoi atteggiamenti mi feriscano?!

Segue una faccina carica di afflizione.

Mi appoggio su un braccio e fisso cellulare e computer, rassegnata al mio improvvisato ruolo di terapista di coppia...

Prima rispondo a Ginevra.

Lo sai che è sensibile a queste cose, hai provato a chiedergli scusa e spiegare che non ce l'avevi con lui ma con l'equazione?

Poggio il telefono di fianco alla tastiera e scrivo a Lorenzo.

Lo capisce di certo, semplicemente non l'ha fatto di proposito, non intendeva ferirti.

Aggiungo la faccina che fa energicamente sì con la testa per essere più convincente.

Arriva il messaggio di Ginevra, velocissimo. Lo leggo.

Sì, sono due ore che glielo ripeto, ma non vuole sentire ragioni, dice che non è la prima volta e che si è stancato.

Cavolo.

Replica di Lorenzo:

Sì, ma io non sono un appendiabiti e nemmeno uno zerbino. Potrebbe farci più attenzione, sa che ci resto male, non è la prima volta.

Faccina adirata.

Fisso la faccetta gialla e immagino il mio amico con la stessa identica espressione crucciata.

Arriva l'ennesimo sms di Ginevra:

Forse ha capito, la tempesta sembra essere finita, o perlomeno si è calmata.

Sarà, speriamo.

Mi rimetto al computer.

Tempesta placata?

Nuvolette con fulmini e lampi in aggiunta.

Diciamo di sì... però sono stanco di queste cose.

Faccina che sbuffa.

Sei ancora convinto di quello che mi hai detto ieri in macchina, vero?

Faccina che minaccia.

Ma certo!

Altrimenti guarda che ti meno.

Coniglietto bianco che scaraventa un tavolo contro lo schermo.

Afferrato.
Maialino che sorride.
Pulcino che sorride.
E sorrido anch'io.
Spengo pc e cellulare e mi butto sul letto.

TI DEVO CHIEDERE UNA COSA

La mattina dopo Lorenzo e Ginevra sono quelli di sempre, la crisi sembra essersi definitivamente placata, anche se ho la sensazione che siano un po' distanti. Ma forse è solo una mia impressione.

A scuola intanto il progetto "a coppie miste" pende sulla mia testa come una spada di Damocle, e io sto cercando in segreto di corrompere Francesca.

— Fra, è solo un concorso di canto, che sarà mai... insomma, vuoi mettere con il progetto di storia?

— Sì, voglio mettere eccome! Secondo te dovrei preferire una scampagnata per le tombe etrusche con tre gradi sotto zero? Ma ti pare?

E ride contenta, lei che non deve andare a fare la talpa nella stagione dei pinguini.

— Eddai, Fra, ti pago, faccio tutto quello che vuoi — la supplico — ma ti scongiuro, salta quel cavolo di concorso e vieni a fare il progetto!

— Mi dispiace ma anche volendo non potrei, ho

già dato la mia disponibilità, non posso mollare tutto così su due piedi.

Giro la classe in lungo e in largo – non che ci voglia molto – cerco di corrompere tutti, di convincere chiunque a fare un cambio di compagno, ma nessuno mi dà retta.

La prof è infervorata dal progetto. Ci sta facendo approfondire e ripassare tutto il programma per "arrivare preparati alla visita che altrimenti non serve a niente". Saltella come una cavalletta per la classe e distribuisce fotocopie su fotocopie con vita, morte e miracoli della popolazione etrusca.

Verso la fine della lezione Ginevra è di nuovo nervosa. Incide il foglio con l'evidenziatore come se fosse un pugnale e anche Lorenzo è alterato, lo vedo da come molleggia la gamba, la shakera su e giù, massacrando la suola delle Vans a righe.

Nuvole grigie tonanti si addensano impietose nel cielo, segno che anche per oggi il maltempo non ci risparmierà. In classe la luce fredda e artificiale del neon è accecante, i miei amici sono cupi come il cielo.

Lavinia invece è raggiante. Mi dà fastidio vederla allegra mentre loro sono così tristi, anche se magari le due cose non sono in relazione.

Torturando una matita e ascoltando i discorsi della prof ho un'illuminazione: Lavinia potrebbe fare il progetto con Guglielmo!

Anzi ne sarà più che felice e di certo accetterà! Bene, bene, bene, a ricreazione glielo propongo.

Quando la campanella suona, aspetto un paio di

secondi che la classe si svuoti, quindi placco Lavinia sulla porta.

— Ehi, aspetta!

Lei si gira, sbatacchiando i begli occhi violacei con aria interrogativa.

— Che c'è?

— Ti devo chiedere una cosa...

Torniamo al suo banco, Lavinia si accomoda, io prendo una sedia, la giro e mi sistemo di fronte a lei. Sembro un venditore che espone la sua offerta sul tavolo delle trattative.

— Questo progetto ci sta davvero facendo uscire un po' tutti di testa, ancora qualche fotocopia e ci riempio un baule — dico scherzosamente. La prendo alla larga, non sapendo bene come affrontare l'argomento.

— Sì, non dirmelo, non scalpito all'idea di andare un giorno intero in mezzo a quei quattro sassi...

Bene, la conversazione è iniziata.

— A questo proposito, Lavinia, volevo parlarti di una questione... le coppie che sono state sorteggiate per il lavoro di gruppo, ecco... non sono proprio un granché, non credi?

Cerco una conferma che non arriva, Lavinia si aggiusta il bracciale al polso sinistro e non mi guarda.

— Insomma, per farla breve, io non sono felicissima di essere in coppia con Guglielmo, mi chiedevo se tu volessi fare cambio...

Per quanto mi sforzi, non riesco a ricordare chi sia il suo compagno di lavoro, ma non importa, come ho già detto anche una pianta grassa mi va bene.

Lavinia mi rivolge di nuovo la sua attenzione, spalanca le iridi color ametista.

— Ho capito bene?

— Sì... perché?

Alza le sopracciglia sottili.

— Mi sembra strano che tu non voglia lavorare con lui, insomma... è un bel ragazzo e poi... ti sta sempre intorno.

Sento il sangue affluire verso le guance e non mi piace per niente come sensazione. — Non è detto che sia una bella cosa — dico e istintivamente mi mordo un labbro per evitare l'uscita di altre confessioni a sproposito.

— A me sembra di sì e comunque sono affari tuoi... Mi dispiace, ma io sto benissimo con chi mi è stato assegnato.

Come sarebbe? Lo ha detto anche lei che è un bel ragazzo, insomma, è un particolare che di solito le è tutt'altro che indifferente.

— Lavinia, ma sei sicura?

— Sicurissima.

— Okay. Però non ricordo... tu con chi sei?

Sorride, un gran bel sorriso, questo è certo, fiero e soddisfatto.

— Siamo dispari di numero, un gruppo è di tre persone e una coppia per forza di cose è composta da due studenti della stessa classe.

Non capisco dove vuole arrivare.

— Io sono in coppia con Lorenzo.

Il colpo arriva dritto allo stomaco.

— Che cosa?

Annuisce. — Che ti devo dire, il fato ha deciso così.

Mi schiarisco la gola e intreccio le mani sul banco.

— Lavinia, senti, noi non ci frequentiamo moltissimo, ma da bambine eravamo piuttosto legate...

Per la precisione, di solito io ero legata a una sedia mentre lei giocava all'indiana che ha catturato il prigioniero.

— E comunque siamo sempre venute a scuola insieme, insomma, ti parlo sinceramente... Lo sai vero che Lorenzo è... sentimentalmente impegnato?

Lavinia sorride ancora.

— Ma certo! — esclama lei, facendo un cenno ambiguo con la mano. — Scherzi? Non devi mica pensare male!

Cerco di sorridere, cerco di crederle.

— Sul serio — continua lei — stai tranquilla. Lorenzo è storia vecchia. Acqua passata. Pietra sopra.

— Veramente, ne sei certa?

Annuisce ancora e incrocia le braccia sul petto.

— Mettiamola così: a un certo punto uno si stanca di inseguire l'impossibile, sbaglio?

— Credo di no.

— Ecco appunto, l'ho superato, ripeto, puoi stare tranquilla.

E va bene, mi hai convinto, dopotutto una come te può avere chiunque, quindi è comprensibile che ti sia stufata di stare dietro all'unico che non ti calcola.

— Ma allora, se Lorenzo non ti interessa più, perché...

Mi blocco, oddio non riesco a dirlo, perché non

riesco a dirlo? Non è difficile: perché non vuoi lavorare con Guglielmo?

— Perché non...

Ma che mi prende? Non ce la faccio.

All'improvviso l'idea di loro due insieme, da soli, che svolgono il progetto mi disturba, mi fa male, tantissimo, come quando li ho visti insieme sulla moto. Una fitta di dolore precisa, profonda e sottile come uno spillo.

— Non continuare, non ce n'è bisogno.

Bene, anche perché non ci riesco. Poso la mano sul punto dove è conficcato lo spillo immaginario.

— Non mi va di fare cambi che potrebbero innervosire i prof e poi io Guglielmo lo conosco pochissimo, invece con Lorenzo sono sicura di andare d'accordo.

Si guarda le unghie laccate di un intenso rosso granata.

— Sì, però sulla sua moto ci sei andata!

Spalanco gli occhi, esterrefatta da ciò che è appena uscito dalla mia bocca.

L'ho detto! Ma che diavolo mi è preso?

— Oddio, Lavinia, scusa... non so che mi succede oggi — mi metto le mani sulle labbra. — Non fare caso a ciò che ho detto, ovvio che sei libera di fare quello che ti pare...

Ma non con lui, risponde una parte di me.

Accidenti, non ne posso più di questa bipartizione nel mio cervello, quando ho in testa Guglielmo penso e dico tutto e il contrario di tutto!

— Okay... e comunque era solo un passaggio — sottolinea Lavinia lanciandomi uno sguardo torvo.

— Va bene, ho capito. Grazie.

— Di niente.

Si alza e rimette la sedia al suo posto. Si incammina verso la porta, poi esita un istante.

— Vittoria, guarda che non sono stupida. Voi due vi piacete, perché non la piantate di evitarvi?

QUALCOSA SI SPEZZA

Sono davanti alla classe a riflettere su ciò che mi ha detto Lavinia, quando nel corridoio compare Guglielmo.

L'istinto sarebbe di sorridere e salutarlo.

— Che ci fai qui? — dico invece.

Lui sorride, illuminando a giorno il corridoio ombroso.

— Ciao, Vichi, mi delizia l'idea che tu possa pensare che io sia qui per te, ma tieni a mente che i distributori automatici sono su questo piano.

Si avvicina, mi prende una mano e la stringe fra le sue.

Il mio respiro muore, si fa debole e impercettibile.

— E un'altra cosa, ricordi cosa ti avevo promesso un po' di tempo fa?

Sì: di tenere le distanze.

Annuisco con fatica, arpionata alle sue pupille.

Sorride maligno, sollevando il piercing argenteo.

— Mi dispiace, non sono mai stato bravo a mantenere le promesse.

Si porta la mia mano davanti alle labbra, continuando a fissarmi negli occhi.

Quante cose ci sono da scoprire in questi occhi... Quanta luce e quanta oscurità si mescolano, dando origine a mille emozioni e mille altre ancora. Mille scuse, mille doni e una sola verità, nascosta e confusa in mezzo a tutto il resto, che scivola sul fondo mandando bagliori delicati e bellissimi, come una perla trasportata dalle acque di un fiume.

Ne varrebbe la pena? Mi chiedo.

Soffrire per cercare di raggiungere quello splendore? Chinarsi sul bordo del fiume e immergere il braccio fino alla spalla in quelle acque torbide, sporgendosi fino a sfiorarne il bordo con il viso. Rischiare di cadere solo per tentare di raggiungere quella lucentezza, quel bagliore di madreperla?

Ne varrebbe la pena?

La campanella suona, crudele, destandomi da questi pensieri.

Sorride ancora.

— Quindi, Vichi, ci vediamo prestissimo.

Lascia andare la mia mano e si avvia verso le scale.

Rimango due secondi impalata, senza riuscire a trovare nulla di sensato da dirgli.

— E comunque i distributori sono dall'altra parte! — gli urlo dietro quando probabilmente lui non può più sentire.

Rientro in classe, mi siedo al mio posto e, nonostante tutto, non riesco a nascondere un'intensa sensazione di felicità.

Più tardi però i miei due migliori amici litigano di nuovo, stavolta piuttosto pesantemente. Parlano a bassa voce, cercando di trattenersi ma riuscendoci parzialmente, così che alcune vocali esplodono di tre ottave sopra il tono del resto del discorso. Pessimo segno.

Sono chini sui banchi da almeno un'ora.

I professori che si alternano li minacciano più volte, chiedendogli di piantarla senza risultato.

L'argomento è sempre quello: il progetto.

Marco dal banco di dietro si accosta al mio orecchio.

— Ehi, Vichi... ma tu c'hai capito qualcosa?

— Sì, è simile al concetto di Parmenide, credo...

— Ma no! Intendevo di quello che succede tra Ginevra e Lorenzo.

— Ah...

Il professore lancia un'occhiata di fuoco alla nostra fila. Abbasso il viso sul libro, ma lui non si fa ingannare.

— Se non la smettete subito laggiù, potete continuare la chiacchierata fuori! Sono stato abbastanza chiaro?

— Sì, scusi, professore.

Questa volta nessuno fiata più. La mia amica fa del suo meglio per ricacciare indietro le lacrime e placare i singhiozzi, il mio migliore amico fissa il muro con indifferenza. Comprendo con amarezza che stavolta qualcosa tra loro si è spezzato davvero.

E qualcosa si spezza anche in me.

ODIARE E AMARE

Sono sdraiata sul letto a fissare il soffitto. Da almeno un'ora.

Domani si inizia con il progetto.

Non riesco a dormire. Come sempre quando sono frustrata o in ansia.

O semplicemente c'è qualche pensiero che bussa e gratta alla porta, fa gli occhi dolci e uggiola, implorando asilo e protezione.

Domani è il grande giorno, quindi.

La finestra lascia intravedere una striscia sottile di cielo. Quante sono le stelle?

Non lo so, non credo si possano contare. Sarà come per le pecore? Se inizio a contarle mi addormenterò? Ora ci provo.

Una stella.

Due stelle.

Tre stelle.

Quattro stelle.

No, non funziona, sono troppo belle, staresti a guardarle fino all'alba senza sentire la stanchezza sulle ciglia.

E poi ho già perso il conto.

Mi giro su un fianco e poi mi rimetto immediatamente sulla schiena, respiro, le lenzuola sanno di fresco, profumano come i piccoli fiori che ci sono dipinti sopra, tanti piccoli *non ti scordar di me*.

Tiro fuori un braccio dalle coperte morbide e calde, rabbrividisco ma lo lascio lì, a oscillare delicatamente.

Che profumo hanno i *non ti scordar di me*?

Realizzo che non lo so, che non li ho mai annusati. Chissà se profumano, chissà se sono tanto profumati quanto belli. Rimetto il braccio infreddolito sotto le coperte, lo stringo al petto insieme all'altro.

Chiudo gli occhi ma li riapro subito.

Domani si inizia con il progetto.

Si può essere felici e tristi per la stessa cosa nello stesso momento?

Come l'ultimo giorno di scuola, in cui sei felice per le vacanze e per la lunga estate che ti si spalanca davanti, ma anche triste perché sai che non rivedrai più alcuni dei tuoi compagni?

No, è diverso. Le due sensazioni in quel caso sono comunque scisse.

Si può odiare e amare una cosa allo stesso tempo?

E una persona?

Catullo dice di sì, e se lo dice un grande poeta come lui ci si può credere. Ripeto a memoria quei pochi versi:

Io odio e amo.
Come fai, mi chiedi.
Non so, sento che avviene e che è la mia tortura.

È la mia tortura.
Ripeto.
La mia tortura.
Odiare e amare, la stessa cosa, nello stesso istante.
Sospiro e affondo il viso nel cuscino.
Chissà se anche Catullo aveva sedici anni quando l'ha pensato per la prima volta.

IN BALIA DEL VENTO

La sveglia non suona. Anche lei continua a dormire. Come può pretendere quindi che io mi svegli? Mia sorella per fortuna piomba nella mia stanza, per cercare qualcosa di suo che non trova altrove, ovviamente, non certo per premura nei miei confronti.

Non la sento finché non mi toglie le coperta di dosso e comincia a scuotermi per le spalle.

— Vichi! Vichi! Svegliati, devi alzarti.

Non apro neanche gli occhi.

— Lasciami in pace, Elena, per favore. — Abbraccio il cuscino e ci affondo la faccia. — Non ho preso niente di tuo, il novanta per cento dei tuoi jeans sono sempre nel cesto dei panni sporchi e il caricabatterie è nel cassetto...

Affondo ancora di più nel cuscino.

— Vichi, ma che dici? Non è per questo... è che ti devi alzare, non hai sentito la sveglia?

Mia sorella prende in mano il piccolo ordigno meccanico con le sue dita lunghe e affusolate. Lo porta delicatamente all'orecchio.

— Mi sa che questa è andata.

— Perfetto. Allora facciamo una bella cosa, io non mi sono svegliata, tu non sei venuta a svegliarmi e io oggi a fare la talpa alle tombe etrusche non ci vado, okay?

La mia voce attutita dal cuscino suona come un lamento cavernoso.

— Ma che cosa stai dicendo? Dai, muoviti o farai tardi!

Elena mi toglie il cuscino dal viso e io mi volto contrariata. Mia sorella spalanca i suoi splendidi occhi e rimane a fissarmi per un secondo con il cuscino in mano. Quindi lo butta incurante su una sedia e si siede accanto a me, sul letto. Mi sfiora una guancia e poi mi scosta dalla fronte una ciocca ribelle.

— Sorellina, ma tu hai pianto... che succede?

Porta delicatamente la ciocca ribelle dietro il mio orecchio e mi scruta preoccupata.

— No, non è vero...

Mi passo una mano sulla guancia. — Oh, è vero...

Sento sulle dita ciò che rimane di queste lacrime notturne e involontarie, ho il viso rigato di sale e gli occhi gonfi. Mi strofino gli zigomi con la manica del pigiama e tiro su con il naso.

Sì, ho proprio pianto, realizzo.

— Be'... niente... niente di importante — dico mesta.

Elena è ancora seduta accanto a me.

— Non è importante? — ribatte, come se avessi detto un'assurdità. — Vichi, hai pianto nel sonno e non ti sembra importante?

Scuoto le spalle, abbattuta.

Elena mi solleva il viso, piano, per guardarmi.

Chi sei, angelo dolce e cortese? Che cosa ne hai fatto di mia sorella?

— Non vuoi proprio dirmi cosa ti sta succedendo? — insiste Elena.

Guardo a lungo il suo viso, un viso in cui tutto sommato riesco a riconoscermi ancora, malgrado le differenze e gli anni che ci separano. Sento le lacrime premere ai bordi degli occhi e, prima che possa alzare un argine, traboccare.

Le mie guance sono di nuovo rigate di lacrime che inondano gli occhi, scorrono sugli zigomi e arrivano fin sulle labbra, sento il loro sapore pizzicare leggermente, mentre mi sforzo di parlare.

— Sta andando tutto di schifo.

Il pianto aumenta, come un fiume in piena. Non riesco a placarlo, anzi sono scossa da singhiozzi fortissimi.

— Tutto di schifo...

Non riesco a parlare, proprio adesso che vorrei farlo. Le sillabe saltellano sui gemiti e ci si confondono. Mia sorella mi abbraccia e cerca di calmarmi, mi lascia sfogare.

Le bagno il collo e il maglione, non dice nulla, continua a stringermi, quasi mi culla, finché non mi sono un po' calmata e la schiena e il petto non sono più in preda ai sussulti.

Respiro quasi normalmente, ora. Rimango un attimo con il viso sui suoi capelli morbidi, quindi sciolgo l'abbraccio e mi passo entrambe le mani sulle palpebre gonfie e umide.

— Va meglio?

Scuoto la testa. — È tutto un tale casino.

La mia voce sembra un soffio di vento, devo essere conciata come un fantasma, come una strega.

— Lorenzo e Ginevra litigano tutto il tempo e stanno sempre ad attaccarsi a vicenda... e non per le solite cavolate. Non so, li vedo così distanti a volte... e poi magari pretendono che io prenda le parti di uno o l'altra! Ma come faccio? Io non posso... non voglio.

Il mio sfogo è a singhiozzo e risente di tutte quelle lacrime, di cui la mia voce è ancora impastata.

— Non sopporto questa situazione, io voglio bene a entrambi... e poi c'è Lavinia di mezzo e non so cosa c'entri... non capisco cosa sta succedendo. E oggi poi c'è questo accidenti di progetto... io non so se voglio andarci... non lo so cosa voglio!

Nascondo il viso tra le mani fredde.

Elena ha ascoltato in silenzio le mie parole confuse. Scuote lentamente il capo.

— A volte crediamo di non saperlo, cosa vogliamo davvero — inizia con la sua voce armoniosa e pacata. — Quando invece, magari... — mi passa la mano sui capelli sconvolti — abbiamo solo paura di ammettere a noi stessi quello che il cuore ha deciso già da tempo.

La guardo intensamente attraverso un velo di sale.

— Ma... se ci sono segnali contrastanti?

Mia sorella riflette qualche istante prima di rispondere.

— Allora devi provare a sforzarti di sentire quale segnale è più forte. Vichi, stiamo parlando di sentimenti, vero?

Annuisco appena, il collo si piega come lo stelo di un fiore in balia del vento.

— Appunto, i sentimenti sono complicati e anche parecchio. Sono potenti e subdoli, affascinanti e contraddittori, non si svelano subito, anzi a volte non si svelano mai. Si divertono a tendere trappole, a farti cadere nelle loro reti, ti ammaliano e allo stesso tempo di confondono. Non ti danno certezze, ma tutto il contrario. Sono tentatori, bellissimi ma pericolosi.

Sorride dolcemente.

— Non sei certo la prima persona a rimanere incastrata in questo meccanismo e non sarai l'ultima. L'amore non è il dolce sentimento delle fiabe. Nella realtà le principesse non si innamorano in un secondo del loro principe, sempre che lo incontrino. Passano notti in bianco a farsi domande e ad augurare a una persona i migliori doni e le peggiori maledizioni. L'amore vero è pericoloso, non è un gioco, non è un fiore, non è un angelo...

Annuisco, come ha ragione.

— L'amore è un demone — sussurro a fior di labbra, citando ancora una volta quella frase che sembra non voler abbandonare i miei pensieri.

Elena non si irrigidisce, coglie solo il riferimento

all'opera del pensatore greco e non a un nostro giovane concittadino.

— Esatto, non poteva descriverlo in modo migliore il caro Platone. Che però non dice che devi fuggirlo. Devi solo... seguirlo, farti condurre dal tuo cuore. Il cuore non può sbagliare.

Il cuore non può sbagliare.

Spero tanto che mia sorella abbia ragione.

STRETTA FRA LE SUE BRACCIA

Prendo il motorino per raggiungere il sito archeologico delle tombe etrusche. È un po' fuori città, in mezzo alla campagna.

È bellissimo nel suo genere, secondo me. Sembra di piombare davvero nella vita di questa antichissima, oscura popolazione. Non assomiglia a una necropoli ma a una vera e propria città, con le sue tombe scavate nel tufo, le incisioni e la strada che sprofonda nel terreno, che solca le rocce rossastre e morbide come un filo di lama, lasciando da un lato la valle e dall'altro la parete tufacea, ricca di portali e arbusti.

Accelero. Sto congelando. Il sole è sorto solo per metà dietro a una coltre di nebbia che ne rende più fioca la luce.

Parcheggio nel piazzale fuori dagli scavi, dove riconosco un po' dei mezzi dei miei compagni e la macchina della prof. Appena scendo dal motorino vengo travolta dall'ansia, un brivido mi corre lungo la schiena e le ginocchia cedono, ma cerco di farmi forza. Percorro la prima parte della strada, cinta da piante e rocce, e in un minuto arrivo in uno spiazzo dove si è già radunata tutta la classe.

Corro a mettermi accanto ai miei compagni. L'insegnante mi guarda con aria di rimprovero.

— Bene, ora che finalmente ci siamo proprio tutti... — dice sbuffando una nuvoletta di vapore dalle labbra — possiamo iniziare.

Fa freddo, un freddo cane. E sotto terra, dentro alle tombe, farà ancora più freddo.

— Avanti, mettetevi col vostro compagno.

Lavinia sguscia accanto a Lorenzo, lui incrocia il mio sguardo preoccupato e mi sorride con l'intento evidente di rassicurarmi, di dirmi che non c'è nulla da temere.

Cerco Guglielmo con gli occhi, non lo vedo. Lo stomaco si stringe.

— Volevi farmi fare il giro turistico da solo, per caso?

La sua voce. Una dannata voce, odiosamente piacevole a volte, drammaticamente bella. Ora penetrante e roca, ora leggera e luminosa, delicata e splendente come un cristallo. Ora dolce, ora crudele. Ora seria, ora scherzosa. La stessa voce che stanotte, ne sono certa, ha popolato al contempo i miei sogni e i miei incubi.

— Allora, sì... — dice la prof sfogliando uno spesso blocco di cartellette. — Vittoria e Guglielmo...

Si avvicina e ci mette in mano una cartina della zona

archeologica. Io comincio a guardarla senza riuscire in realtà a orientarmi.

— Noi siamo qui — dice indicando un punto del foglio in basso a destra.

Ah, bene, adesso è tutto chiaro.

— E voi esaminerete la tomba che si trova... — il dito vaga per un po' sul foglio finché si ferma nel punto più lontano, in alto a sinistra. — Esattamente qui.

— La più lontana... — dico sovrappensiero.

— Sì, esatto la più lontana — conferma lei un po' scocciata. — Ma anche la più bella.

Ma cosa vuol dire? Sono tutte praticamente uguali: buie, profonde e umide.

— Avete tempo fino all'ora di pranzo. Mi raccomando, prudenza.

— Certo professoressa, faremo un buon lavoro e staremo attenti — dice Guglielmo, dolce e gentile, sfoggiando un luminosissimo sorriso.

Comincio a camminare spedita lungo le rocce rossastre, puntando la tomba. Senza aspettarlo.

— Ehi, aspettami! — esclama Guglielmo correndomi dietro.

Fingo di non sentire e proseguo veloce sulla strada in salita.

— Vichi, aspetta.

Non mi volto, fisso il terreno scosceso e vado avanti a grandi falcate. Un venticello freddo e umido mi scompiglia i capelli, il sole è sorto ma la luce è ancora pallidissima.

— Aspettami! — insiste lui — hai tu la cartina!

— Hai paura di perderti? La vedi la tomba? È quella lassù, non è difficile arrivarci: cammini dritto e ci sbatti addosso!

— Vichi!

Mi volto di scatto, mentre la rabbia mi monta dentro. — Che c'è?

Con la mia proverbiale grazia riesco a inciampare con la punta del piede sull'unica radice che sporge tra le rocce nel raggio di mezza valle. Tipico.

Oscillo, barcollo, ondeggio e agito le braccia come un uccellino impazzito.

— Cavolo...

Impreco, attendendo con un surreale effetto rallenty la rovinosa e ridicola caduta sulla roccia tufacea.

Chiudo gli occhi.

— Attenta!

Mi ritrovo stretta tra le sue braccia.

Altro che rocce.

Apro gli occhi, titubante, lui continua a tenermi stretta, delicato ma fermo, anche se il peggio ormai è scongiurato.

Ci risiamo: il nero dei suoi occhi si getta nel verde dei miei e viceversa, annegando gli uni negli altri. Petrolio nel mare e mare nel buio. Restiamo così, immobili, con il respiro congelato fermo tra le labbra.

Il fiato si scongela, esce dalle labbra e si condensa per davvero. E così il suo. Le due nuvolette di condensa si mischiano tra di loro e sento il suo profumo penetrarmi nelle narici.

— Tutto bene? — mormora, ma io sto guardando la condensa che esce dalle sue labbra.

Ride. Mi piace farlo ridere, mi piace da quando l'ho visto sorridere la prima volta, mesi fa nel suo giardino.

— Vedi, se mi avessi aspettato non saresti inciampata — aggiunge ironico.

— Molto divertente — rispondo io con un sorriso ostentato che lui ricambia con un sorriso vero.

— Ormai sono diventato il tuo angelo custode...

LA PIÙ GRANDE PAURA

Siamo di fronte a una grande porta di pietra, oltre la quale intravediamo alcuni scalini che si addentrano nella roccia perdendosi nel buio. Sembra quasi un enorme pi greco.

— Okay, so per certo che ci sono più ambienti là dentro — dico, ricordando il disegno che rappresenta la parte interna di ognuno degli ambienti tombali di questo sito.

Guglielmo non ribatte e questo un po' mi stupisce, visto che fino ad ora ha fatto tanto lo spavaldo, ma non ci do troppo peso.

Tiro fuori una torcia dallo zaino e la accendo.

— Andiamo? — chiedo. Lui si limita ad annuire, ma non si muove.

Così mi incammino da sola.

Mi stupisco della mia sicurezza, non che i luoghi angusti mi abbiano mai procurato una qualche forma di timore, ma è la compagnia di Guglielmo che oggi, come mai prima, mi provoca uno strano senso di inquietudine. La sento chiaramente, la guerra dentro di me: una voce mi dice di abbandonarmi, di seguire il mio cuore, di scendere in quella tomba, e un'altra voce mi sussurra qualcosa che non riesco a comprendere.

Faccio un passo sul primo gradino.

Non sento la presenza del mio compagno dietro di me. Mi volto.

— Guglielmo?

È rimasto fermo, in alto davanti ai gradini.

Ha lo sguardo fisso sull'entrata, uno sguardo vuoto, vitreo, oserei dire turbato o spaventato. Di nuovo sento quella sensazione, un timore, una paura senza forma precisa, un'ombra proiettata dalla sua figura su di me.

— Ehi, Guglielmo.

Sembra imbambolato.

— Sì, scusami... ma dobbiamo per forza passare da qui? Non c'è un altro ingresso? — mi chiede continuando a fissare il passaggio nelle rocce.

Incrocio le braccia, un po' stupita e un po' divertita. Sembra un bambino che ha paura di guardare sotto il letto.

— Ma certo, che stupida, dimenticavo l'altro ingresso, quello sul retro con pensilina antipioggia e tappeto rosso!

Sorride in modo forzato.

— Perché me lo chiedi?

— Così, per nessuna ragione in particolare... — Detto questo mi sorpassa e scende gli scalini a due a due. Io lo seguo confusa da questo atteggiamento, insolito per lui.

Entriamo nel cunicolo e ci ritroviamo nel primo ambiente, immerso nella penombra.

Il soffitto è molto basso e le estremità di questo spazio si perdono nel buio.

— Okay, qui non c'è molto — dico puntando la torcia dritta davanti a me.

Percorro il sentiero di luce artificiale. Guglielmo accende la sua torcia e mi segue in silenzio.

— Le cose interessanti, incisioni, resti di affreschi e sarcofagi, sono più giù.

— Lo so — replica lui serio.

Proseguiamo nella seconda sala. Il soffitto è più alto, l'ambiente più ampio, la luce un frammento minuscolo steso sul pavimento polveroso.

Vado avanti fino alla fine della sala. C'è una specie di curvatura, il soffitto si alza ancora un po' e ci permette di procedere stando con la schiena dritta, ma la luce che rimane è solo quella che arriva dalle nostre torce.

— Okay, ci siamo quasi. Possiamo partire dal fondo e risalire — propongo.

— Come vuoi tu… ti seguo.

La sua voce è molto bassa.

— Tutto a posto? — chiedo, perché ormai sto iniziando a pensare che ci sia veramente qualcosa che non va.

— Certo, perché?

— Niente, niente.

Vado avanti e raggiungiamo la fine della tomba.

L'uscita è parecchio dietro di noi, come la luce del giorno.

Il freddo è intenso e il buio anche. Mi tiro su il cappuccio della felpa e faccio scattare un meccanismo sulla mia torcia, così che la luce non punti a raggio in un angolo soltanto, ma si disperda intorno, tipo lucerna.

— Eccoci qua.

Tiro fuori un blocco e una penna, comincio a scribacchiare le prime impressioni approssimative su questo lugubre ambiente. Se penso che sono dentro un piccolo cimitero di roccia scolpita mi si accappona la pelle.

La torcia pende da un laccio legato attorno al mio polso. A ogni movimento della mano sul blocco oscilla, facendo danzare e tremare la luce fioca e giallastra sulle pareti e sui sarcofagi. Mando giù un groppo di saliva e continuo a scribacchiare.

Accanto a me, il mio compagno sembra ancora teso. Cammina lentamente, guardandosi attorno. A tratti entra nell'alone di luce che si sprigiona dalla torcia, a tratti sparisce nell'oscurità dei punti dove la luce non arriva.

Va e viene, sparisce e ricompare, luce, buio.

Sembra un'anima di queste tombe, una di quelle che stiamo disturbando, che vaga per il suo ambiente, osservandomi prendere appunti sulla sua morte con aria distaccata.

Si ferma al mio fianco e guarda con intensità una parete.

La luce gli tratteggia il viso, mette in evidenza solo le linee del profilo: la fronte, gli zigomi, le labbra, una parte del collo in tensione, che affiora dalla sciarpa grigio scuro.

Dio, quanto è bello, penso continuando a scrivere.

Alza una mano, la luce polverosa ne investe il contorno, la poggia sulla parete di pietra, la muove come se la stesse carezzando. Ha delle mani magnifiche con dita lunghe e affusolate.

Continuo a scribacchiare sul quaderno, mentre lui esamina la parete. La luce oscilla sotto il mio polso. Il silenzio è spettrale, perfino la penna sembra voler tacere.

Faccio scattare la punta, uno scricchiolio di molle e plastica esplode nel silenzio.

— Non prendi appunti? — chiedo, parlando istintivamente a bassa voce e continuando a fissare il block-notes.

— Li sto prendendo.

Lo guardo, lui mi sorride.

— Ho una buona memoria — dice e si allontana scomparendo nel buio.

Continuo a guardare le incisioni e i dipinti sfumati e corrosi dal tempo, immaginandomelo immerso nell'oscurità, immobile in una posa di assoluta grazia.

— Sei carina mentre prendi appunti in quel modo.

Rimango in silenzio, e interrompo a metà la parola che sto scrivendo.

Arrossisco nel buio.

— In che modo?

— Certa gente sembra scema con un blocco in mano, non riesce neanche a tenerlo in modo decente e si appoggia qua e là, oscillando e vagando come uno struzzo zoppo.

Allora non sono l'unica a fare paragoni idioti.

— Tu invece riesci a prendere appunti con naturalezza.

— E tu riesci a dire "struzzo zoppo" senza sembrare cretino.

Ride, e il rumore di tanti ciondoli d'argento che tintinnano insieme inonda la sala.

Non ho visto il suo sorriso, penso con tristezza. Lui continua a rimanere immerso nell'oscurità.

— È una fortuna che tu non abbia paura del buio — dico divertita.

— Già, ma neanche tu ce l'hai, anche se... da piccola ne eri terrorizzata e per questo dormivi con le coperte tirate fin sopra la testa.

— E tu che ne sai? — dico voltandomi, stupita da questa affermazione.

— Me lo hai detto tu, insieme a molte altre cose, quella notte... Ti avevo chiesto quali fossero le tue paure e tu hai risposto partendo da quella che avevi da piccola, il buio appunto.

— Intanto la tecnica delle coperte ha funzionato — faccio notare. — Nessun vampiro mi ha mai morso.

Il mio vero terrore era questo, non il buio, a causa di un film dell'orrore che avevo visto da piccolissima.

— Oh sì, un ottimo metodo — mi fa il verso ridendo, poi riprende, tornando serio. — Però è una paura sensata, il buio intendo, non i vampiri. È la paura dell'ignoto, insomma: il non sapere cosa potrebbe nascondersi davanti a te...

Già, penso continuando a non vederlo, parlando di fatto solo ad una voce senza volto.

— Poi... l'altra parte della risposta la vuoi sapere?

— Certo — dico un filo dubbiosa.

— Riguardo alla tua attuale paura, hai detto una cosa molto bella, credo che non me lo dimenticherò mai il tuo tono mentre pronunciavi questa frase.

Comincio ad attorcigliare nervosamente una ciocca di capelli intorno al dito, la luce trema, scossa e turbata, rompendo il chiarore in mille schegge luminose e vibranti.

— Hai detto che avevi paura... di non innamorarti.

Pausa.

— Te lo ricordi? — continua.

— No — mento — proprio no.

La risposta cade a terra, pesante e vuota come solo una bugia può suonare.

— Mi hai detto tante cose di te quella sera, mi hai raccontato di tua sorella, del tuo piatto preferito, del fatto che una volta hai fatto esplodere una caffettiera, di Lorenzo, del tuo primo giorno di scuola, delle tue passioni, di Ginevra. Della musica che adori e di quella che detesti, di ciò che ti piace e non ti piace... tantissime cose.

Sorride.

— Non so perché, quando sono arrivato in questa città... — il flash di me sul motorino senza controllo e di lui su quella panchina mi investe — all'improvviso, subito, ci sei stata tu con quello scooter, e poi a casa mia.

Lascio scivolare il laccio della torcia dal polso fino al palmo della mano, stringendolo tra le dita perché non cada e lasciando che un po' di chiarore arrivi fino al suo viso.

— Ma non mi trasmettevi nulla. Eri bella, questo sì.

Chi, io?

— ... è assurdo me ne rendo conto, da una parte avrei voluto conoscerti, dall'altra allo stesso tempo...

Dillo avanti, ti prego. La voce delicata come un fiore e dura come il ghiaccio riprende: — Dall'altra tutto il contrario, mi suscitavi quasi timore, paura...

Paura, questa parola sporca di ragnatele, buio e sangue, si deposita nello spazio tra me e lui e mi penetra dentro come una lama. Perché tutto questo è ciò che lui provocava in me.

— Ti volevo, non ti volevo, ti desideravo, mi intimorivi...

Si porta le mani sul viso scolpito nella giada e nell'avorio e sui capelli biondi come la luce dell'aurora.

— Poi, quella sera...

La sua voce è morbido velluto che scivola tra le dita di un sarto.

Sta davvero accadendo? penso combattendo con le lacrime che non so nemmeno da quanto premano per uscire.

Mi sta davvero dicendo queste cose a qualche metro sotto terra, dentro una tomba?

— Quella sera...

Alza il viso, gli occhi neri sono lucidi e brillano come gocce di ametista o ghiaccio nero sul fondo di un bicchiere.

— ... quando a casa di Marco ho incrociato i tuoi amici preoccupati e ho capito che con te ci doveva essere quel bastardo.

Se questo è solo un maledetto sogno, penso improvvisamente, o un incubo, frutto della mia mente malata e crudele, insomma se questa non è realtà, ma solo un gioco perverso di pensieri che dormono, desidero solo non ricordare nulla domattina.

— Ti ho aiutato. Ho semplicemente aiutato una persona in pericolo, ma dopo, per strada e a casa mia...

Le parole sono sempre più morbide e fievoli, scandite una a una, con lentezza e fatica, come fiocchi di neve pesanti nel vento.

— Forse non sentivo più alcun timore perché stavi male, eri debole e fragile, non potevi farmi nulla neanche se lo avessi voluto. Ogni minuto che passava sentivo di desiderare la tua presenza accanto a me, e sentivo l'affetto crescere dentro di me, fortissimo, purissimo. Desideravo solo rimanerti vicino e farti stare meglio almeno per quell'attimo. Non importava il resto, non esisteva nient'altro. E più ti ascoltavo, più mi facevi ridere e riflettere, più sentivo di volerti stare accanto, al di là di tutto, di ciò che sono e di ciò che forse sei tu.

Non capisco.

— Fino a quando hai detto quella cosa: la tua più grande paura.

IL GIORNO E LA NOTTE

Tutti i morti di questa tomba si sono alzati e stanno ascoltando, se i loro spiriti potessero ancora provare emozioni, sarebbero tutti con gli occhi velati di lacrime.

— Hai detto la cosa più dolce e più vera che io abbia mai sentito in vita mia e l'hai detta con coscienza, credendoci davvero...

Non conto più i respiri che sto perdendo o i tremiti nel mio sangue, conto quelli nella sua voce.

— A volte passi tantissimo tempo con una persona, a volte anche tutta la vita, per poi capire le cose più importanti in un breve momento, in un istante, e non vedere più quella persona allo stesso modo... Ed è stato così per me, in balia di mille dubbi, incertezze e paure, in balia di te, per poi capire in un momento, non uno qualsiasi ma in quel momento, tutto ciò che davvero conta. In quel secondo, sdraiato accanto a te ad ascoltarti parlare, così debole e forte allo stesso tempo, in quel secondo ho capito di... amarti.

Gli occhi mi si riempiono di lacrime.

— Perdonami per essere così sincero, ma questo ti chiarirà il mio comportamento, e specialmente quello che ti ho detto il giorno dopo...

Sospira, una foglia fluttuerebbe a terra in quel sospiro.

— Perché non mi importava più a quel punto chi eri, ciò che sei... non mi importa se tu sei la mia morte che cammina.

Paura.

Paura irrazionale, intensa come la morte, quella vera, cammina strascicando i suoi luridi stracci fino a me, prendendomi tra le sue braccia ossute. Paura vera e totale.

— No... non ha senso.

La paura stringe di più la presa, soffocandomi.

— Non ha senso, perché io non sono la morte di nessuno... non posso essere la tua, perché tu non sei un...

Ogni centimetro di aria si secca, ogni secondo di tempo si ferma, ogni goccia di sangue si prosciuga vedendo Guglielmo sorridere amaramente, staccare i suoi occhi dai miei e con una lentezza irreale sollevare il braccio destro, porgermi il palmo della mano e quindi scostare la manica della felpa nera.

Ed eccolo lì, intenso e profondo come una cicatrice, il simbolo nero inciso sulla pelle.

— Demone — sussurra con la sua voce di cristallo.

La speranza si frantuma in mille pezzi.

Il fiato si accorcia, la fronte si imperla di sudore

freddo e le lacrime offuscano la vista, tremule, incapaci di uscire del tutto.

Mi porto una mano alla bocca, soffocando stupore e paura. La torcia oscilla impazzita.

— Non è vero.

Si ricopre il polso con la manica della felpa.

— Non può essere vero! — urlo straziata.

Il suo sguardo si riempie di tristezza infinita.

Scuoto il capo, rifiutandomi di credergli.

— No, non lo sei, non puoi — dico angosciata. — Cosa ci faresti qui, in questa città, se tu lo fossi? Sei un pazzo? Non è possibile...

Tutte le mie paure, tutti i miei dubbi, tutti i miei ripensamenti di colpo vengono schiacciati da questa verità. Inconfutabile, perché è lui a parlare, è lui stesso a confessare la sua natura. Si è ciò che si è, le sue parole, un veleno che è rimasto inerte in qualche angolo della mia testa, e che adesso si sta diffondendo rapidamente nelle mie vene, pulsa dentro al mio cuore, paralizzandolo. Immagini confuse si susseguono davanti ai miei occhi: la sua casa, la rosa con le spine, la statua nel cortile, e poi la scuola, Lorenzo in una pozza di sangue, il libro con quell'immagine che avevo voluto ignorare, quel simbolo che è il marchio di una natura che non è umana, non è angelica, ma è l'opposto esatto della vita. È la morte, la mia morte.

— Invece è così — riprende lui. — Pensaci, Vichi, quale posto potrebbe essere migliore di questo, dove non ci cerchereste mai, dove il resto del mondo non ci cercherebbe mai...

— Volete ingannare gli ingannatori — dico quasi tra me e me.

— Facciamo ciò che voi fate.

— Perché me lo stai dicendo, allora? Sai chi sono io! Sai *cosa* sono! — grido. — Sono stata una stupida...

— Perché non cambia niente di ciò che provo, te lo ripeto — dice con voce frustrata e un'espressione risoluta, intensa, bella da far male.

Stiamo urlando e piangendo svariati metri sotto terra, in una tomba di pietra.

— E poi dovevo dirtelo... tu eri convinta che non lo fossi.

— Ho temuto lo fossi... fin dall'inizio. Ma ho fatto finta di non sentire la voce dentro di me che mi diceva di scappare, ho fatto finta di non capire. Ho creduto che... ho creduto che il mio cuore avesse comunque ragione, e così ho aspettato, ho permesso che tu trovassi uno spazio nella mia vita, senza esserne veramente parte.

La mia anima si sta squarciando in mille brandelli.

— E poi hai cominciato a evitarmi...

— Che cosa pretendevi? — urlo tra le lacrime, tanto forte da far tremare i muri. — Forse non sono poi così pazza, se il mio cuore non aveva intenzione di salvarmi, mi sarei salvata da sola.

Scuote il capo.

— Ma oggi, all'improvviso, eri diversa, così tranquilla...

Incrocio le braccia.

— Ho ascoltato un discorso sciocco sull'amore. Un

errore che non commetterò mia più. Ma perché non me l'hai detto subito? Perché hai lasciato che io... — le parole mi si spengono in bocca.

— Ho lasciato che tu...?

— Non giocare con me, Guglielmo. Non chiedermi di finire quella frase.

La gola si stringe in una morsa gelida e amara, un brivido mi percorre, chiudo gli occhi e li riapro, cercando una forza che non ho. — Un demone... — dico.

— Si è quello che si è.

La morsa si fa strada fino al petto, i polmoni, lo stomaco, la pancia: cattura e attanaglia tutto, impietosa e dolorosa come un coltello gelido.

— Non significa niente — asserisce lui, ma non sembra più tanto convinto.

— Non vuol dire niente? — ripeto esterrefatta. — Tu sei un pazzo, non capisci? — urlo fuori di me. — Non capisci? Siamo il giorno e la notte! Siamo due veleni senza antidoto. Io sono il tuo potenziale assassino! E tu...

Flash.

Un bagliore improvviso mi acceca.

Alessia.

La mia amica... morta.

Un angelo... ucciso.

La cosa più atroce la realizzo così, solo ora. Realizzo dove sono, realizzo con chi sono.

La vera paura non la comprendi sul serio finché non la vivi.

Finché non la provi.

Si scaraventa su di te come un mostro dalle zanne imbrattate di sangue, si avventa sul tuo collo, come solo il terrore più puro sa fare.

Finché non senti il suo fiato fetido su di te e dentro di te: sottoterra, rinchiusa in un cunicolo di pietra.

— Tu...

Non riesco a parlare.

— Alessia... — mormoro terrorizzata.

Lui spalanca gli occhi neri.

— Cosa?

Poi capisce.

— No. Vittoria, oddio, no.

Troppo tardi.

Sto già fuggendo via.

NON VEDO PIÙ NULLA

Corro il più veloce possibile, tra le gallerie strette e basse di pietra dura. Trascino i piedi, sbatto contro le pareti e mi graffio una mano, mentre la torcia colpisce ripetutamente i muri. Non devo inciampare, non devo cadere in questa maledetta tomba.

Lui mi insegue, gridando. — Non sono stato io! Non c'entro, non ho fatto niente! Vittoria, ti prego, fermati!

Vedo la luce dell'uscita.

Corro sul pavimento polveroso e infido, inciampo, sbatto un ginocchio. Continuo a correre.

Poi una piccola pietra si intromette, una piccolissima, insidiosa pietra.

Incontra il mio piede, nell'istante in cui Guglielmo mi afferra un braccio. A soli due metri dall'uscita cado a terra, con la schiena e la testa addossate al muro e lui che mi tiene un braccio, con il viso a trenta centimetri dal mio.

Grido, voltandomi, piangendo e serrando gli occhi,

desiderando solo più distanza tra il mio viso e il suo.

— Vichi!

Non lo ascolto, piango e scalcio, lui aumenta la presa sul mio braccio.

— Guardami, guardami! Lo sai che non sono stato io, lo sai! — dice ancora con la voce rotta. — Come avrei potuto? Ero con te quando è successo! Non capisci? Ero con te quando è successo!

Mi volto e lo guardo, aprendo gli occhi esausti di pianto. Trattengo un urlo di terrore, perché non l'ho mai visto così. Con i capelli d'oro sconvolti sulla fronte fino a sfiorargli le ciglia scurissime, ogni muscolo del collo in atroce tensione, teso all'inverosimile, gli occhi neri fiammeggianti come fuoco nero incandescente.

Gemo di paura.

Non ho mai avuto tanta paura di lui come ora, né ne sono stata più assurdamente attratta, come il suicida che brama la lama del coltello.

— Tu hai paura di me.

Non chiudo gli occhi ma tremo.

— Tu sei terrorizzata da me — dice con la voce rotta di sconforto e lacrime che non lascia uscire.

— Hai paura che io ti possa fare del male, ora, nonostante tutto...

Manda giù angoscia e rabbia.

— Non potrei mai, lo capisci? Non potrei mai... mai! Eppure... sei terrorizzata, pensi che io possa ucciderti. Ma non lo capisci che questo... uccide me! — Grida con tutto il fiato che ha in gola. Lascia il mio braccio e sferra un pugno alla parete che dà sull'uscita, scaraventandovi tutta la sua rabbia, la sua angoscia e la sua violenza.

Le pareti stavolta tremano davvero e il blocco di pietra alla destra dell'uscita cede, ricoprendo in un istante il passaggio angusto.

Intrappolandoci dentro.

Scappo via istintivamente, ritrovandomi dall'altra parte della sala, in un buio pressoché totale: l'unico minuscolo spiraglio di luce arriva da una fessura che è rimasta scoperta dal crollo, grande quanto mezzo pollice.

Sono morta, penso.

Sono morta due volte.

E infatti non vedo più nulla.

CONTINUA A RESPIRARE

Mi sveglio accanto a una parete, sul pavimento di pietra. Torno lentamente in me.

Non avere paura, dice una voce della mia testa. L'esatto contrario di quello che mi ha detto mesi fa, la prima volta che l'ho incontrato.

Non devi avere paura. Anche tu sei il suo veleno.

Le forme buie intorno a me tornano meste ai loro posti, i profili delle rocce smettono di agitarsi inquieti e giacciono a terra come foglie secche. La parete non trema più. Il pavimento torna a essere solido.

Era con te quella notte e quindi non può aver fatto nulla alla tua amica, suggerisce un'altra voce.

È un demone, aggiunge la prima.

La guerra continua dentro di me. Entrambe le voci hanno ragione. Entrambe sbagliano.

Scappa, dimenticalo.

Se avesse voluto farti del male lo avrebbe già fatto.

Faccio per alzarmi, la gamba destra mi fa male, pulsa sotto i jeans. Tocco il ginocchio e sento il calore del sangue sotto il tessuto rugoso dei pantaloni. Non c'è luce, non c'è un suono. Dov'è andato? Non può essere uscito.

Sospiro e percepisco uno strano dolore, qui, in mezzo al petto. Non ce la faccio a odiarlo. Non ce la faccio proprio. Cammino strascicando la gamba dolente. Arrivo fino in fondo, quasi all'uscita.

Poi lo vedo.

Raggomitolato su se stesso, seduto a terra con la schiena contro il muro e la testa appoggiata alle braccia incrociate.

Immobile.

A smuoverlo, un respiro maledettamente irregolare, instabile, sofferente.

All'improvviso le parti si invertono, un'altra dannata volta nei giochi della vita, così assurdi e contorti.

Perché lo guardo e non vedo un mostro, un incubo in carne e ossa da cui fuggire, da temere. Lo vedo come lui ha visto me quella sera da Marco: debole, inerme.

Gli credo. Credo a quello che mi ha detto.

— Ti credo — sussurro. — Ti credo... usciamo di qui.

Mi chino accanto a lui: — Ma che ti succede?

Alza il viso, il suo bellissimo viso di vetro e sabbia, che il più abile pittore non saprebbe dipingere perché muta a ogni istante e a ogni suo respiro.

Le sue labbra tremano come due fiori fragili al vento, intrise di lacrime che risplendono come rugiada.

Gli occhi così grandi che ti ci puoi perdere, scuri e intensi, brillano e sembrano vacillare.

— Non so se posso farcela — mormora, la sua voce è un soffio amaro. — Ed è tutta colpa mia... non c'è più un'uscita.

Il respiro è sempre più affannoso. Sembra che non riesca a prendere aria, che stia soffocando, eppure non può essere così perché l'ossigeno non manca.

Boccheggia e il petto gli sussulta, le guance si fanno livide.

— Guglielmo, che ti sta succedendo?

Lui gira la testa di scatto e spalanca gli occhi nei quali leggo il terrore. Scatto indietro per lo spavento, ma in quel momento realizzo.

— Tu sei... claustrofobico.

Questo spiega l'incertezza di prima nell'entrare in questi cunicoli e anche il perché, quando eravamo tutti stipati nella mia classe di pochissimi metri quadrati, ha preferito rimanere sulla porta, quasi più in corridoio che dentro l'aula.

Sentirmelo dire gli fa venire un altro spasmo. Cerca di prendere aria disperatamente, un tremito fortissimo lo investe e quasi lo fa barcollare mentre scatta in piedi e gratta angosciato con le mani sulla superficie della pietra, mordendosi le labbra e odiandosi per quello che sta facendo e provando.

— Dannata pietra... è colpa mia — dice con voce strozzata, si tormenta la gola, le guance ancora livide.

— Ma perché sei venuto quaggiù, allora? Perché non hai detto niente?

Sono spaventata, non so che fare per calmarlo.

— Perché sono uno stupido — mormora affannato con la testa tra le mani, crollando seduto con la schiena contro la parete.

Ho paura, di nuovo, ma per lui stavolta, mi sento impotente e non so come comportarmi.

Scatto in piedi e premo istintivamente contro le pietre. Tutto inutile.

— Non si sposterà... — dice lui a stento.

— Chiamiamo aiuto — propongo, cominciando ad angosciarmi.

Ma come possono sentirci? Siamo molto distanti da loro e quando si accorgeranno della nostra assenza potrebbe essere troppo tardi.

Che faccio? Che posso fare?

Il respiro di Guglielmo è ormai ridotto a un rantolo.

— Prima hai spostato queste rocce senza neanche farlo apposta, solo perché eri in preda all'ira, possibile che ora non riesci a smuoverle?

— No... non posso...

Non riesce quasi più a parlare.

— La rabbia aumenta le forze... la paura le annulla.

Devo calmarlo, non può resistere così.

Mi chino accanto a lui e gli sollevo il viso. Sciolgo la stretta delle sue stesse braccia dalle ginocchia, perché la cassa toracica possa prendere ossigeno più facilmente.

Mi lascia fare, come fosse una bambola di pezza.

Ma il respiro è sempre affannato, i nervi tesissimi, la bocca rossa di morsi.

— Okay, adesso cerchiamo di calmarci — gli dico con voce dolce e tranquilla, anche se sono in preda all'ansia io stessa, e le mie parole non convincono nemmeno me.

Mi metto in ginocchio, così da essere viso a viso con lui che è seduto.

Delicatamente, con la punta delle dita, gli accarezzo i capelli. Il collo è ancora tesissimo, ma in una posa più naturale.

— Andrà tutto bene — sussurro, e gli poggio le mani sul collo, cercando di calmarlo.

Là dove si sentono le pulsazioni le vene palpitano come tamburi, il sangue circola impazzito lungo il corpo e martella il cervello.

— C'è tantissima aria qui, aria freschissima, umida e fresca.

Mi guarda, gli occhi luccicano, le labbra anche.

— Vedi come respiro bene io, avanti, fai come me...

Inspiro abbondantemente ed espiro con lo stesso trasporto.

— Vedi? Si respira benissimo.

Inspiro ed espiro di nuovo, con la stessa calma ed energia.

— Dai, Guglielmo, provaci, fai come me.

Aria dentro, aria fuori. Prova a imitarmi, piano, tra i tremiti.

— Esatto, bravissimo, ancora... Dentro, fuori. Ecco, bene...

Dentro, fuori.

— Vedi quanta aria? Continua così, vai benissimo.

Prosegue, cercando di riprendere il controllo dei suoi polmoni spaventati e deliranti.

Le vene del collo continuano a pulsare con forza, come se avesse corso velocissimo e si fosse fermato di botto proprio in questo momento. Le tempie sembrano in procinto di esplodere.

— Bravissimo, continua a respirare così, stai andando bene — lo rassicuro spostando lentamente le mie mani sulla fronte e poi sulle tempie.

— Non fermarti, mi raccomando.

Ubbidisce, aria dentro, aria fuori.

Sento i suoi occhi su di me, pieni di lacrime e di gratitudine.

— Questo dovrebbe calmarti un po' — mormoro.

Lo faccio sempre con Ginevra quando dà di matto prima di un'interrogazione, il che succede abbastanza spesso. Magari è solo una cavolata, ma con lei funziona.

Poggio i polpastrelli sulle sue tempie. Pulsano impazzite. Comincio a massaggiare piano, lentamente, in senso circolare.

— Continua a respirare, mi raccomando.

Massaggio pianissimo, delicatamente, sperando di tranquillizzarlo almeno un po'.

Continuo per alcuni minuti, accompagnata dal rumore del suo respiro, sempre più regolare.

Il tremore alla fine si placa e Guglielmo riprende a respirare normalmente.

Le tempie non pulsano più, e anche il collo non è più in tensione. Le guance non sono più livide. Sta meglio. Anche se è distrutto.

Interrompo il movimento sulle tempie e scosto le mani.

— Va meglio?

Annuisce e deglutisce l'ultimo singhiozzo.

Si passa la manica della maglia sul viso, portandosi via le tracce delle lacrime che ancora gli incorniciavano gli zigomi.

È ancora un po' scosso ma sta meglio.

A volte le soluzioni sono semplici, a volte sono dove non immaginiamo possano essere. La pietra non la posso rimuovere da sola e lui non è comunque in grado di darmi una mano, ma non ho più paura, adesso.

NESSUNA DISTANZA

Passano alcuni minuti, durante i quali rimaniamo in silenzio, ognuno in ascolto delle proprie sensazioni che cambiano, si trasformano, arrivano là dove pochi minuti prima sembrava non potessero giungere. Guglielmo prende un gran respiro, si vede che non sta ancora bene ma l'impressione è che adesso riesca a controllare la sua ansia.

È buffo, siamo chiusi qui dentro da qualche ora soltanto e mi sembra sia passato un secolo.

— Non hai più paura, adesso? — mi chiede con voce delicata, appena incrinata.

— No. Adesso no. — È la verità. In questo preciso istante non ho paura di lui. Non so se questa sensazione muterà ancora. Ora siamo vicini e va bene così.

Segue un lungo silenzio.

— Tu non ne hai di me? — gli chiedo a mia volta.

— No, non più dalla sera della festa...

Appoggio le mani sulle gambe, le dondolo e le contraggo, stringendo le dita, sentendo le unghie sul palmo liscio.

— C'è stato un momento in cui nemmeno io ne avevo, quella sera... — sussurro più a me stessa che a lui, ma so che mi può sentire. Sorrido appena, alla mia ingenuità, probabilmente. — Forse è stato perché non ero in me, o forse... non so perché sinceramente, ma tutto è iniziato in quel momento, tutto è cambiato in un momento...

Non so perché gli sto dicendo queste cose, magari le grotte di pietra fredde e tetre incoraggiano le confessioni, o forse solo la pazzia.

Mi porto una ciocca di capelli dietro l'orecchio e vado avanti.

— È stato quando ero completamente andata, quando stavo davvero malissimo e non mi reggevo in piedi. Insomma, quando mi tenevi in braccio e straparlavo e tutto era strano, confuso... Ero da sola con te, totalmente incapace di difendermi se avessi dovuto farlo, eppure, nonostante tutto, ero tranquilla... mi sentivo al sicuro.

Scuoto il viso in preda all'imbarazzo, per fortuna l'oscurità nasconde il rossore.

— Vichi... grazie.

Che piccola parola: grazie. Così semplice, così poco pretenziosa, ma quanta gioia riesce a regalare. Mi ringrazia. Mi ringrazia con un tono davvero pieno di gratitudine, dolce e sincero.

— Una vita per una vita, ho pagato il mio debito.

Lui poggia la sua mano sulla mia.

Certe offese non feriscono, certi abbracci non coinvolgono, certi sorrisi non rallegrano, e una mano sopra un'altra non significa nulla... Certo, dipende di chi è la mano in questione. Ecco perché questo tocco, leggero e delicato, brucia.

Ci guardiamo negli occhi, ancora una volta.

Forse un giorno ci abitueremo a questi nostri sguardi, e allora non avranno più significati oscuri o nascosti, sfumature segrete... per ora io annego ancora in questo petrolio denso e nerissimo e mi chiedo se lui riesce a vedere attraverso il verde limpido delle mie iridi l'arrovellarsi dei pensieri. Spero proprio di no!

Quanti centimetri ci saranno tra noi, a dividerci?

Quaranta?

Di meno... trenta?

Non lo so, so che sento il suo respiro sugli zigomi e i trenta centimetri si assottigliano sempre più.

Ora sono venti, forse meno.

Dieci centimetri, i respiri si rubano l'aria a vicenda.

Pochissimi centimetri. Sbattendo le ciglia quasi le sentiamo solleticare le une gli zigomi dell'altro.

E rimaniamo così, immobili, le fronti che si sfiorano appena.

Ecco: il classico momento in cui devi fare una scelta da cui dipenderà il tuo futuro, consapevole che se sarà quella sbagliata passerai i prossimi mesi a maledirti e a pensare: se solo non mi fossi comportata così, oppure così. E nella vita non c'è niente di peggio che rimpiangere qualcosa che non è accaduto.

Scegli, quindi.

Scegli, ma fallo subito, perché un secondo ancora e ti sarà impossibile capire se ciò che desideri davvero è tirarti indietro.

Scegli.

Scelgo.

Zero centimetri.

Nessuna distanza.

Un bacio. Fiumi di inchiostro hanno tentato di spiegare l'impossibile: non ci sono riusciti. Ogni bacio è unico, diverso, bello oppure deludente.

Un bacio, un bacio che sa di zucchero e sale, di mare e di sole, che sa di sogno, che sa di stelle e di musica, di stelle che ti esplodono intorno mentre sei avvolta in quel bacio, di note che non abbandonano più la tua testa.

Un bacio che ha il sapore di un sogno realizzato, che desideravi ma che avevi paura di rincorrere.

Il nostro.

Pochi istanti, pochi secondi, secondi che bruciano nell'aria, che supplicano il tempo di rallentare.

Scostiamo i volti, lasciandoli comunque vicini.

— Attenta, piccolo angelo — mi sussurra a fior di labbra il demone biondo. — Hai appena preso un sorso del tuo veleno.

Brilla il piercing d'argento catturando luce che non c'è.

— E tu hai appena dato un bacio al tuo veleno.

— Se il veleno avesse questo sapore mi suiciderei anche subito. — Sorride, con quel sorriso che annulla i pensieri, tutti.

— Tra un po' verranno a tirarci fuori.

Annuisce.

— Sei ancora pentita di aver partecipato a questo progetto?

Intrecciamo le dita, al contatto con la sua pelle il mio cuore accelera i battiti.

— Restiamo qui. Non ho voglia di uscire da questa tomba...

Se uscire vuol dire separarsi.

— Non credere che ti lascerò volare via facilmente — mi dice con dolcezza.

Rimaniamo così in una specie di trance, senza il bisogno di parlare o di muoverci troppo. Dopo tanto inseguirsi, dopo tanto fuggire, cercare, odiare e desiderare, non abbiamo voglia che di stare fermi. Vicini finalmente, insieme.

Senza chiederci se è giusto o sbagliato, relegando il dubbio o la domanda in uno sgabuzzino della mente. Se stiamo sbagliando ci penseremo domani, in un altro momento. Non ora. Adesso esiste solo adesso.

Come due farfalle che volano, si intrecciano, si allontanano, si rincorrono e si separano di nuovo per poi posarsi sulla stessa foglia verde e luminosa a morire, consapevoli che il giorno di vita a loro disposizione sta per giungere al termine, anche noi due restiamo lì, immobili e grati, a sentire l'uno il respiro dell'altra.

Poi qualcosa cambia nell'aria, quella tranquillità si spezza, una voce colma di angoscia e preoccupazione irrompe a turbare la nostra intimità. — Oh, mio Dio, ragazzi, siete lì? — chiede una voce allarmata. È la nostra professoressa.

Il sogno sta per svanire.

— Promettimi che fuori non cambierà nulla — mi dice, imprigionandomi con quel dannato sguardo scuro, capace di unire dolcezza e amarezza come due sfumature di uno stesso colore.

— Promettimelo anche tu.

UNA GELIDA MATTINA D'INVERNO

Arriviamo dove sono parcheggiati i nostri mezzi, la gente comincia ad andare via alla spicciolata. Il professore si trascina fino all'auto della nostra insegnante perché sono venuti insieme. È distrutto, si è fatto davvero in quattro per aprire un varco e farci uscire dalla grotta. Gli faccio un cenno di saluto riconoscente, ma non credo mi veda.

Mi fermo davanti al mio motorino, piccolo e nero, come Calimero, anzi sono io che sembro Calimero quando mi infilo il casco bianco effetto guscio d'uovo.

— Te la senti di guidare? Posso riaccompagnarti io, se vuoi. Saliamo sul tuo scooter, la moto torno a recuperarla domani.

— Sei sicuro?

— Certo, nessun problema.

— Okay, grazie.

Sorride. — E di che? Prendo il casco.

Andiamo verso la sua moto. Gigantesca belva di metallo e bulloni che riposa fiera in un angolo.

Rimango a contemplare la bellezza del suo mezzo, sfiorando con la punta delle dita le lucide superfici cromate, rapita dai bagliori metallici. È una moto compatta e non troppo appariscente. — Davvero bella — commento.

— Era la passione di mio padre — dice lui, che ha notato con quanta attenzione la sto osservando.

Non so nulla dei suoi genitori ma, dopo tutto quello che è successo, non è proprio il momento di approfondire l'argomento.

Prende il casco.

Un serissimo, dignitoso casco integrale. Maledico il mio guscio d'uovo.

Torniamo al mio motorino piccolo e nero. Sgancio il casco e lo infilo. Vedo i suoi occhi spalancarsi dietro la visiera del casco, poi abbassa la testa fingendo un colpetto di tosse.

— Che fai, ridi?

— No, no...

Fisso la visiera.

— Dico sul serio, sei carina con quel casco.

— Lo so che sembro Calimero — dico. Mi viene da ridere.

— Be'... Calimero è molto carino, ma tu lo sei di più — puntualizza.

Sale a bordo dello scooter e mette in moto.

— Prego, signorina — dice, invitandomi a salire.

Partiamo, e il piccolo scooter corre all'imbrunire,

corre leggero nell'aria gelida, riscaldandola con la luce del suo faretto. Romba timidamente, sembra davvero un piccolo pulcino nero e felice.

— Non volare via — si raccomanda prima di una curva, rallentando per non rischiare di slittare.

— Tu pensa a guidare — lo ammonisco ironica.

Ma la sua guida è sicura e impeccabile, non un'accelerazione troppo brusca, non una lieve sbandata, niente.

Appoggiata alla sua spalla, cerco di mantenere un'aria dignitosa, godendomi il vento sul viso e provando a non chiudere gli occhi.

Il viaggio dura pochissimo, in un baleno siamo sotto casa mia. È proprio vero che la percezione del tempo cambia a seconda della situazione che si sta vivendo: stamattina lo stesso tragitto, da casa mia fino al sito archeologico, mi era sembrato durare un'eternità.

Si ferma proprio dove di solito parcheggio io, spegne il motore e mi aiuta a scendere.

Non mi va che vada a casa a piedi, dopo che ha avuto la gentilezza di accompagnarmi.

Mentre sta per scendere lo fermo.

— Aspetta — gli poso una mano sul braccio.

— Non posso lasciarti tornare a piedi. Anche tu hai avuto una giornata pesante — sorrido. — Tienilo, me lo porti domani a scuola, io mi faccio dare un passaggio da Ginevra.

— Ma no, figurati.

Fa per scendere, stringo la presa sul braccio.

— Me lo ridai domani, non è un problema, davvero.

Tentenna.

— Sicura?

— Sicurissima!

— Okay, grazie allora.

— E di che?

Sorride. Rigira la chiave e dà un po' di gas.

— Trattalo bene, mi raccomando.

— Promesso.

Sento la sua risata attraverso il casco. Vedo i suoi occhi che brillano.

— Allora a domani — lo saluto.

Mi accarezza delicatamente una guancia, con le sue dita affusolate, morbide e bellissime. Mi lancia un ultimo sguardo.

— A domani.

Sparisce in fondo alla via, portandosi dietro il rombo del mio motorino.

Ripenso a un verso di una delle mie canzoni preferite di Max Pezzali... In una gelida mattina d'inverno tutto può cambiare.

PASSAMI IL DOLORE

Cammino oscillando il casco e la testa, giro l'angolo che dà sul portone sempre leggera, come una piccola nuvola, come un palloncino colorato che sale morbido nel cielo.

Dietro l'angolo, seduta davanti al mio portone, c'è Ginevra. Per un attimo dimentico tutto quello che sta succedendo tra lei e Lorenzo, sono semplicemente felice di vederla e muoio dalla voglia di raccontarle la mia incredibile giornata. Ma vengo bruscamente riportata alla realtà.

Gli occhi della mia amica sono gonfi e rossi di pianto, il bel viso è pallido e rigato di lacrime. La sua espressione è segnata da un dolore e una tristezza profondi, tali da alterarne quasi i lineamenti delicati. Lo sguardo è spento, fuma nervosamente una sigaretta e a terra ci sono già due mozziconi calpestati.

Non ho bisogno di chiedere niente, purtroppo. È fin troppo evidente quello che deve essere successo.

Il palloncino, placido e leggero, si impiglia tra i rovi.

Le vado incontro e quando mi vede i suoi occhi si riempiono di nuovo di pianto. La abbraccio, la abbraccio fortissimo, come quando eravamo piccole e di notte ci svegliava il temporale e noi ci stringevamo nel letto, morte di paura.

La abbraccio e la lascio sfogare, il suo viso affondato nella mia spalla, finché non si esaurisce anche l'ultima goccia di pianto.

— Cosa è successo? — chiedo dolcemente.

Parla piano, modulando la voce tra i singhiozzi che ancora non la abbandonano.

— Ci siamo lasciati...

Si asciuga le lacrime dagli occhi, debole, impotente. Lei. Lei che è la forza, lei che insegna a me il coraggio, lei che è sempre energia pura.

— Come? Come è successo?

Un sentimento tanto forte non si disfa in un istante, non si annulla in un giorno, non muore così all'improvviso, perché significherebbe che non è mai esistito davvero.

La mia amica si morde le labbra.

— Ha detto che non ce la fa più, che è la cosa migliore per entrambi...

Non ha senso, non possono essere parole sue.

— Non so che fare... — sussurra.

— Non ce la fai ad andare a casa, vero?

Scuote il viso.

— Adesso non riuscirei neanche a vedere la mia stanza. Così piena di lui...

Affonda il viso tra le mani, le faccio una carezza.

— Resta da me, non c'è problema.

Mi guarda, mentre continua a torturarsi le labbra.

— Sei sicura? Non voglio disturbare — mormora con un filo di voce.

— Ma cosa dici, scema — le sorrido dolcemente. — Non esiste che ti lascio sola in un momento come questo.

Sospira dolorosamente. Le lacrime si riaffacciano sugli occhi, brillanti come perle, trasparenti come diamanti, le illuminano le palpebre e le rigano gli zigomi.

La abbraccio.

— Passami il dolore — le dico.

E lo dico davvero. Vorrei esserne capace, vorrei prendere un po' del suo dolore, alleggerire i suoi pensieri, liberarla dal tormento, uccidere la belva che sta divorando il suo cuore.

— Non so come si fa — sussurra fra i tremiti, affondando le parole nella mia spalla.

— Dai, saliamo. Un modo lo troveremo.

Entriamo in casa, trascinandoci dietro molte nuvole scure e un cuore infranto.

È TUTTO COSÌ CONFUSO

Dopo una pizza ordinata tempestivamente da Gigi e tutti i miei sforzi consolatori, Ginevra cede alla stanchezza e si addormenta sul mio letto. I capelli si arricciano in spirali scure e morbide che le coprono la fronte e parte del viso stanco e pallido. Sembra un fiore, un fiore caduto dal suo ramo, adagiato a terra, un po' sciupato ma sempre bellissimo.

Non so ancora cosa sia accaduto esattamente, non so cosa stia passando per la testa di Lorenzo e non lo sa neanche lei.

La guardo. Avrei così tante cose da dirle, ma non voglio turbare il fragilissimo sonno cui è riuscita ad abbandonarsi. Vorrei condividere con lei ciò che è accaduto oggi, ma non posso. Vorrei scuoterla, svegliarla, dirle che oggi è stato il giorno più bello della mia vita, ma non posso perché per lei è stato il peggiore. Non posso sbatterle in faccia la mia felicità.

Strano come la vita doni e tolga, mantenendo una

sorta di equilibrio precario. È come se la mia felicità avesse rubato la sua.

Mi addormento anch'io, sulla poltrona, con un quaderno conficcato nella schiena, abbandonato tra i cuscini da chissà quanto.

Mi sveglia la vibrazione del cellulare, impazzita.

Sono le tre di notte.

Cerco tra i cuscini della poltrona il telefono e rispondo con uno sbadiglio.

— Vichi? Sono io, ma stai bene?

Lorenzo.

— Dormivo con un libro piantato in mezzo alle scapole — dico soffocando altri quattro sbadigli.

— Ah, scusa...

— Fa niente.

— Ginevra è lì da te?

— Si è qui, dorme.

Silenzio, sento il respiro al di là della cornetta.

— Ho bisogno di parlarti — mi dice debolmente.

— Adesso? Al telefono?

— A dire il vero... sono sotto casa tua.

La sonnolenza svanisce di colpo. Metto in moto le rotelle del cervello: se i miei si svegliano e mi vedono in strada con Lorenzo in piena notte... succede un casino.

Se sale e Ginevra si sveglia e lo trova in casa impazzisce o giù di lì.

Okay, è meglio scendere e pregare che nessuno si accorga di nulla. Afferro il giubbotto e lo infilo sopra il pigiama, esco dalla camera pianissimo, chiudendomi la porta alle spalle.

Attraverso il corridoio buio in punta di piedi. Scendo e vedo il mio amico appoggiato alla sua auto, stretto nel giaccone. Fa un freddo cane.

Saliamo in macchina, che ormai sembra diventata il nostro confessionale.

Lui appoggia le mani sul cruscotto nero, distendendo le dita e guardando in basso, davanti a sé. — Allora... sta bene?

Annuisco. — Sì, diciamo di sì... ora dorme... ma ha pianto tanto.

Sbaglio, o anche gli occhi azzurri del mio amico sono velati?

Stringe le dita sul cruscotto, nervoso, le nocche sbiancano.

— Non volevo... non è stato facile neanche per me, non credere.

— Io non credo nulla e non ti giudico perché ti voglio un mondo di bene, ma ti chiedo solo una cosa e te lo chiedo con il cuore in mano — scelgo con estrema attenzione le parole. — Riguardo a questa scelta... di farla finita, dopo tutto questo tempo... c'è di mezzo qualcuno?

Rimane in silenzio, allentando le dita e muovendole nervosamente sul cruscotto.

— Insomma Lore, è per Lavinia? — chiedo fissandomi anch'io le mani.

Passano pochi secondi prima che risponda.

— Non ne sono sicuro... è un insieme di cose, in parte anche questo.

— Provi qualcosa per lei?

— Non so esattamente cosa.

— Sai di piacerle molto, vero?

— Forse è proprio questo il punto — scuote la testa come se bastasse a riordinargli i pensieri. — Ma è tutto così confuso e complicato. Non so davvero che pensare...

Sbuffo ma ci credo.

— Principalmente la questione è un'altra... — dice dopo un lungo sospiro. — I miei da un po' hanno cominciato a fare domande, anche molto insistenti, sul mio rapporto con Ginevra, su quello che lei significa per me, su quanto ancora sarebbe durata la nostra storia...

Rimango allibita.

— Veramente?

— Sì, è già un po' che va avanti, non te l'ho detto perché francamente mi sembravano discorsi davvero ridicoli.

Continua a passare le dita sul volante, seguendole con gli occhi.

— Ma ora ci si è messo anche mio fratello, e questo mi ha ferito, all'inizio, ma poi ho iniziato a pensare che, insomma... mio fratello ci tiene a me, e vuole solo il mio bene.

— Certo.

— Appunto, non so come spiegarti... fatto sta che ci si è messo anche lui, dicendomi che questa storia non andava bene per me, che era solo questione di tempo e che l'avrei capito anch'io, che stavo idealizzando i miei sentimenti e che la mia felicità non era una prova sufficiente per stabilire che la mia scelta fosse quella giusta.

Sospira. — Detto da lui è stato diverso...

Comincio a capire.

— Non erano più mamma e papà, adulti con la loro visone delle cose, era mio fratello, una delle persone più importanti della mia vita, che ci tiene a me e che vuole il mio bene...

Seguo il suo ragionamento. — E proprio lui ti diceva che questo non era il tuo bene? — chiedo mestamente.

— Esatto — sussurra.

Rimaniamo in silenzio per quasi un minuto. Ho bisogno di tempo per rielaborare ciò che ho appena sentito. Tempo per rimettere in ordine quello che è successo alla luce di questa nuova rivelazione.

— E poi in quel periodo, questo periodo... le liti con Ginevra sono aumentate, i dubbi che prima non avevo hanno cominciato a materializzarsi nella mia testa e a diventare sempre più difficili da scacciare.

— Fino ad oggi.

— Fino ad oggi... con Lavinia.

Il mio cuore si ferma.

— Con Lavinia? — mormoro.

— Mentre stavamo in quella dannata tomba mi ha detto chiaramente quello che pensava...

E meno male che le era passata.

— Ci siamo baciati — ammette senza guardarmi.

— No, Lore...

Annuisce.

— Non mi è sembrato giusto continuare a stare con Ginevra in un momento in cui non capisco molto di quello che penso e sento, e dopo aver baciato un'altra, soprattutto...

— Ma lei lo sa?

— Sì.

— E... adesso?

Scuote il capo. — Per ora so solo che devo riflettere e... avevo bisogno di dirtelo.

Mi strofino le guance con le mani.

— Che ti posso dire...

Non ne ho davvero idea.

— Non mi devi dire niente. So che questa situazione per te è uno schifo perché ti ritrovi in mezzo, ma non ti chiedo assolutamente di capire o... autorizzarmi.

Sospiro, proprio oggi che Lorenzo prende questa decisione io ho preso quella opposta. Mentre lui rinuncia, io ho deciso di lasciarmi andare.

— Mi sento male... — dico, sentendo il sudore freddo sulla fronte e i brividi in tutto il corpo.

Rientro in casa pallida come un fantasma e mi accascio di nuovo sulla poltrona, tirando le ginocchia fin sotto il mento.

È un po' tardi per dirmi simili cose, Lorenzo, dopo anni di *voi.*

Quante volte ho sorriso felice, vedendovi insieme, sentendo nel profondo, lo ammetto, una briciola d'invidia. Una fitta, seppur lieve, difficile da ignorare, che ricacciavo giù energicamente, accontentandomi di vedervi insieme, confidando che questo era l'importante. A quanti baci e mille premure ho assistito, felicissima per voi e un po' triste per me.

È un po' tardi per dirmi che non sai più se la tua felicità è questa, un po' tardi.

Chi va con gli innamorati impara a innamorarsi.

È STATA UNA STORIA BELLISSIMA

Mattina. Io e Ginevra siamo in auto, dirette a scuola. Sono a pezzi per la notte passata sulla poltrona e le poche ore di sonno.

Ho detto a Ginevra che Lorenzo mi ha parlato, riferendomi le stesse cose che ha detto a lei.

La mia amica ha ancora sul viso i segni dello sfogo di ieri notte, ma la luce del sole rende tutto un po' più leggero, anche le peggiori situazioni, o almeno così sembra.

— Vuole correre dietro a quella stronza con la benedizione del fratello? Peggio per lui.

Cambia marcia come se affondasse un coltello.

Siamo decisamente passate alla fase due: la rabbia.

Prende una curva praticamente su due ruote.

Arpiono il sedile con le unghie. Inizio ad avere un filo di paura.

Snocciola una serie di insulti irripetibili.

— Okay — dico — fai bene a sfogarti.

È terapeutico, di certo più che guidare come se si volesse incendiare l'asfalto e maciullare la leva del cambio.

— Maledetto progetto! O forse no... benedetto progetto del cavolo: se non ci fosse stato chissà per quanto tempo l'avrebbe tirata lunga continuando a fare il cretino!

— Ehm, a proposito del progetto...

La notte scorsa, mentre cercavo inutilmente di dormire nelle posizioni più assurde, ho realizzato che non ha senso non parlargliene, anche se mi dispiace per quello che le sta accadendo.

— Sai che io e Guglielmo siamo rimasti bloccati dentro la tomba che ci era stata assegnata?

Lei mi guarda stupita.

— Oddio, e perché non me l'hai detto?

— Ho dato giustamente priorità a te, ieri... comunque nulla di che, o meglio, a parte un grande spavento e il professore che per tirarci fuori per poco non ci rimane secco. E anche Guglielmo, a dirla tutta...

— Mamma mia, si è fatto male?

— No, ma ho scoperto che è claustrofobico.

— Ecco perché la nostra classe piena come un uovo non lo metteva decisamente a suo agio.

— Eh sì, infatti.

Esattamente la stessa conclusione che avevo tratto io.

— Ma allora è scemo! È claustrofobico e scende in una caverna sotterranea?

— È quello che ho pensato anch'io...

Faccio un bel respiro e lentamente le racconto tutto.

Tutto, fin dall'inizio, fin dalla tremenda e scomoda rivelazione, fino alla fine, fino a sotto casa mia, poco prima di incontrarla.

Siamo al parcheggio ora, la macchina è spenta e meno male che per una volta non siamo in ritardo, così non dobbiamo correre come centometriste fino al portone.

Ginevra è sconcertata, a malapena riesce a crederci.

— Ma quindi... e adesso?

Non le vengono le parole, benvenuta nel club...

— Io so solo che anche se è finita, la vostra è stata una storia bellissima e non vi siete mai posti alcun problema, siete stati felici a prescindere dalla situazione e da ciò che pensavano gli altri... Scusa se infierisco, ma è per farti capire come la vedo.

— Ma... è diverso, è più grave... voi vi potete ammazzare a vicenda.

— Chiunque può ammazzare chiunque, se vuole.

Parlo con sicurezza, una sicurezza che non sono certa di avere.

— Questo è vero ma...

Brividi lungo la schiena al pensiero, li scaccio repentina.

Sospira e si massaggia le tempie. — Non sono la persona adatta a dirti che stai sbagliando.

Annuisco.

Ginevra si morde il labbro e si gira verso il finestrino. La malinconia è tornata. Si volta verso di me con gli occhi che si sforzano di restare asciutti.

— Posso chiederti solo una cosa? Sei felice ora, più di ieri per esempio, o l'altro ieri?

Ci penso e annuisco mesta.

— Allora se hai trovato qualcosa che ti rende tale, stai attenta a non perderlo... a non sprecarlo.

Le ultime parole si mescolano alle lacrime.

La stringo di nuovo in un abbraccio.

— Grazie — le sussurro all'orecchio.

C'È CHI HA TROVATO UN INIZIO

Camminare in un piazzale pieno di gente e sentirsi leggera, camminare in mezzo a tante persone e non sentirsi sola, sorridere anche se tra i tuoi migliori amici c'è la Guerra Fredda e hai Greco alla prima ora e non ricordi un cavolo dei poeti elegiaci: succede quando si è consapevoli della propria gioia.

Passo accanto all'ingresso e davanti a Lui, seduto con la gamba destra tirata su, nella sua solita postura naturale ma elegante.

Ho paura di guardarlo e di leggere nei suoi occhi che la giornata di ieri non ha cambiato nulla, che non è successo niente di così importante, in fondo.

Che queste cose succedono nei film e non nella vita reale.

Ma devo farlo. Alzo gli occhi timidamente, pronta a rendermi conto che è stato solo un sogno, un bellissimo sogno.

E invece...

— Buongiorno — mi saluta una voce armoniosa e cristallina.

E mi regala un sorriso, talmente splendido, talmente dolce e unico... e mio. Per me, solo per me.

— Buongiorno.

Sorrido.

Mi prende per un secondo la mano mentre passo, come se stesse cogliendo un fiore. Un gesto che dura un istante ma riempie la mia giornata di significato. E quel gesto lo porto con me su per le scale, nei corridoi, in classe, lo terrò insieme a me fino a quando non avrò la certezza di incontrarlo di nuovo.

Quando entro in classe però, avverto subito un'atmosfera strana.

Lorenzo sorride debolmente verso la sua ex ragazza, un sorriso di circostanza, Ginevra posa i libri sul banco, incurante, evitando di guardarlo in faccia.

Noto che il banco di Lorenzo è stato spostato. Lavinia, indifferente a tutto e a tutti, scherza con lui, parla e sorride.

L'avvoltoio non ha atteso che il cadavere della loro relazione si fosse freddato per gettarcisi con tutti gli artigli.

Mi siedo e apro un libro.

Guardo Lorenzo con aria interrogativa, lui scuote le spalle. Lavinia continua con il suo comportamento irritante.

Le lezioni iniziano e procedono, accompagnano questa strana quiete densa di risentimento, rabbia, curiosità.

Greco, Inglese, Storia... Parliamo del progetto, delle osservazioni e di quello che abbiamo rilevato e trovato nelle vecchie tombe etrusche.

La professoressa tralascia con abilità diplomatica il nostro piccolissimo incidente.

Interessante che alla fine, in effetti, sotto strati di tufo siano accadute cose che aspettavano di succedere da tempo... C'è chi ci ha trovato una fine, chi un inizio.

L'APPARENZA INGANNA

— Allora, l'hai trattato bene il mio pulcino?

— Benissimo, ne dubitavi?

— Vedremo.

— Dai, ti riporto da lui, così verifichi coi tuoi occhi.

— Devo ammetterlo: ho difficoltà a vivere se non sento ogni giorno lo scoppiettare irregolare di quella marmitta.

Sorride e io mi perdo nei suoi occhi, mentre l'intera scuola ci scorre attorno come un fiume in piena. La campanella sta ancora suonando ma sembra che tutti si siano riversati in strada nello stesso momento.

Guglielmo accende la moto, che romba e ruggisce come un destriero sotto il suo cavaliere.

— È sicura questa cosa? — chiedo dubbiosa.

— Assolutamente, ti ci farei salire altrimenti? — mi chiede mettendomi il casco, un casco integrale e rigoroso.

Mi sposta dal viso una ciocca ribelle che nel vento freddo di dicembre ha voglia di starsene per conto suo.

Ha mani da pianista questo ragazzo, penso, sentendo il tocco delle sue dita lunghe e aggraziate sulla pelle e i brividi che ne conseguono.

Salgo sulla moto e ci immettiamo nel traffico veloci, svicoliamo tra le macchine ferme, superando gli autobus bloccati, lasciandoci alle spalle pullman immobili.

Svicoliamo leggeri, su ali di metallo.

Mi stringo alla sua schiena, sentendo il calore di questo abbraccio e la piacevole sensazione di vuoto tra petto e stomaco che riesce a creare.

Se deve finire, penso debolmente respirando il suo profumo, se deve finire, concedimi allora che non inizi mai.

Arriviamo a casa sua, lui parcheggia sul viale, davanti alla porta di ingresso. Accanto al mio piccolo scooter. Scendo e mi avvicino.

— Ciao, belvetta.

Mi tolgo il casco e sento l'aria fredda di nuovo sulla pelle.

— Vedi come sta bene? — ride Guglielmo, sganciandosi il casco a sua volta.

— Ma con tutto questo freddo... neanche una copertina gli hai messo? — gli chiedo ironica.

— Cavoli, l'ho dimenticato.

— Non te lo lascerò mai più.

— Me ne farò una ragione — dice alzando le spalle e fingendosi addolorato. — Dai, entriamo? Fa un freddo... — aggiunge rabbrividendo.

Entriamo e andiamo in biblioteca, la stessa dalla quale sono praticamente fuggita tempo fa. Il gatto nero di Guglielmo, che al nostro primo incontro si era mostrato diffidente nei miei confronti, stavolta mi viene incontro, salta su un ripiano e mi fissa con gli occhi di agata, socchiudendoli appena.

— Ma vive qui questo gatto? — chiedo.

Guglielmo ride facendogli delle amorevoli carezze, il micio nerissimo risponde con fusa roche.

— Schwarz è un po' fissato con alcune stanze e questa gli piace in modo particolare.

Mi siedo su una poltrona mentre Guglielmo continua ad accarezzare il gatto, parte dalla testa e prosegue lungo tutta la spina dorsale, lentamente. Il gatto accoglie le sue mani e stira le zampe sollevando il sedere ogni volta che la mano di Guglielmo si allontana.

— Io devo proprio ringraziarti, di nuovo, a dire il vero — mormora continuando a guardare Schwarz, che risponde con fusa ancor più roche e intense. — Se non fosse stato per te, se non mi avessi calmato in quel modo, mentre eravamo rinchiusi laggiù, non so cosa sarebbe potuto accadere...

Sospira e alza lo sguardo, incrociando il mio.

— Quindi... grazie, davvero — dice con la voce cristallina di sempre incrinata da un po' di imbarazzo.

Sorrido appena, vagamente a disagio anch'io, per la verità.

Il gatto sussulta un po', ma poi torna calmo e chiude i grandi occhi gialli.

— Te l'ho detto: siamo pari, ero in debito con te da un bel po', dalla sera della festa — gli rispondo, mentre le sue mani di nuovo si perdono lungo le curve della schiena del felino.

Passiamo così un po' di tempo. Ridiamo, scherziamo, parliamo del più e del meno.

Non c'è un filo di tensione nell'aria, non un'ombra di apprensione, nessuna preoccupazione. Il che, data la situazione, non è normale. Ma è troppo grave il pensiero che dovrebbe occupare le nostre teste e forse in questo momento ci è più facile ignorarlo del tutto piuttosto che cercare di comprenderlo.

— Aspetta, quasi dimenticavo, voglio farti vedere una cosa — dice a un certo punto. — Però non devi ridere, è una cosa seria.

— Okay, diciamo che ci proverò.

— Spero solo di non fare una figura del cavolo — aggiunge ridacchiando, sollevando il sopracciglio e il piercing argentato.

Si avvicina alla scala di legno che permette di prendere i volumi degli scaffali più in alto, altrimenti impossibili da raggiungere. Sale sui primi pioli, e la scala, di legno piuttosto datato, scricchiola sotto il suo peso.

— Non sembra molto sicura...

— Non preoccuparti, la uso sempre. L'apparenza inganna.

— Sarà, ma non mi convince.

Così dicendo mi avvicino alla base della scala e la stringo istintivamente con le mani. Lui mi guarda e ride: — Proprio non ti fidi, eh?

Mentre Guglielmo cerca il libro io guardo tra i pioli della scala lo scaffale che ho di fronte. Deve trattarsi di testi molto antichi, le copertine sono di pelle e in alcuni casi i titoli sembrano impressi col fuoco. In un attimo mi perdo nei nomi misteriosi che mi trovo davanti agli occhi e così non mi accorgo che Guglielmo ha già sceso un paio di scalini e che tra un istante, se non mi sposto, me lo ritroverò tra le braccia.

— Eccolo! — esclama Guglielmo poggiando un piede a terra. — Questo è il libro che cercavo.

Mi porge un vecchio volume con una copertina azzurra e una decorazione floreale argentata sul fronte.

Sto per aprire una pagina a caso, come faccio con i libri nuovi, per leggere una riga qualsiasi, quando all'improvviso si sente un miagolio lungo e acuto. Le luci si abbassano e si rialzano nella stanza e un istante dopo ci ritroviamo completamente immersi nel buio.

— Che succede? — chiedo allarmata.

— Niente — risponde Guglielmo come se sul serio non fosse successo niente.

Nell'oscurità improvvisa avverto immediatamente il profumo caldo del suo respiro e prendo a sfiorare la trama sottile della copertina del libro che ho tra le mani. Le dita indugiano sulla decorazione floreale leggermente in rilievo, e così vanno a sbattere contro le sue, dall'altro capo del libro.

Le nostre dita si incontrano e si arrestano, si studiano. E poi le sue si arrampicano sulle mie, il suo palmo scivola sul dorso della mia mano. Sento un brivido corrermi lungo la schiena e la pelle d'oca diffondersi sul mio corpo come un'onda. Si arrampicano, le sue mani, lungo i miei avambracci, e in questo modo le mie quasi involontariamente scivolano sui suoi polsi.

Nel silenzio e nel buio totale, i sensi amplificati svelano però qualcosa di inaspettato alle mie dita. Un tratto, un piccolo rilievo che si intreccia attorno al polso di Guglielmo. È appena percettibile sulla sua pelle liscia e perfetta, ma riesco ugualmente a sentirne il profilo, a immaginarne il disegno.

Cosa diavolo stai facendo? Esplode la voce dentro di me, risvegliandosi.

Sei andata completamente fuori di testa? Continua rabbiosa.

Fermati! Sibila. *Sei davvero così egoista da pensare alla tua felicità invece che alla sicurezza della comunità? Stai portando la morte tra gli angeli, come credi che reagiranno i tuoi genitori? Pensi sul serio che potrebbero accettare questa unione? Una relazione che mette in pericolo te e tutti i tuoi simili?*

Me lo hai chiesto tu, non ricordi? Continua la voce, furiosa. *Hai chiesto: se deve finire, ti prego, fa piuttosto che non cominci mai.*

Rievoco nella mia mente quel segno impresso a fuoco, la prova che quella voce maledetta dentro di me ha ragione, il monito che le cose non si cambiano e che la notte non coesisterà mai con il giorno.

Studio con la punta delle dita il tatuaggio su quel polso, fisso l'evidenza delle cose.

— No! — grido, neanche avesse minacciato la mia gola con una lama.

Guglielmo sobbalza spaventato.

— Non posso restare... — dico alzandomi di scatto.

Lui rimane interdetto. Non capisce quello che sto dicendo. Di colpo ritorna la luce.

— Ma, cosa è successo? Stai bene?

— Non è successo niente, solo non posso restare. Voglio andare a casa.

— Va bene, ti accompagno...

— No! — esclamo con la stessa urgenza nella voce — No... vado da sola.

— Non ti capisco, non stai bene? Sei così pallida...

— Lorenzo e Ginevra si sono lasciati — dico all'improvviso. — Dopo anni, si sono lasciati ed è stato orribile, è orribile. Loro, che non potevano stare insieme solo per una stupida, vecchia legge senza fondamenti!

In quel momento lui si accorge che la manica gli ha lasciato scoperto il polso, così ricopre il tatuaggio e mi guarda.

— Quindi non è per questo.

— Per questo... per quello — mormoro.

Non sa cosa replicare.

— Quindi, scusa... scusami — dico, ed esco di corsa dalla stanza. Un istante dopo sto accendendo il motorino.

— Aspetta... — sussurra lui, ed è quasi una supplica, ma il suo tono è incredulo.

Cerca di fermarmi, ma il motore risponde prontamente al gas, svicolo fino alla strada, piangendo lacrime che si perdono nel vento e nella velocità. Mi allontano, cercando disperatamente di non voltarmi indietro.

NOTTE FONDA NEL CUORE

Quante lacrime può versare un corpo umano prima di prosciugarsi e morire?

Vado a dormire per dieci anni, per favore non svegliatemi, se qualcuno mi cerca sono in un sogno che poi dimenticherò.

Buio in camera, notte fonda nel cuore. Notte scurissima e fredda, gelida, senza stelle.

Non ci sono stelle nelle notti di dolore e sofferenza. Non ci sono stelle a guidarmi ora, a non farmi perdere o a indicarmi il giusto cammino.

Dimenticare: questa è la cosa da fare, la cosa giusta.

Prendi ogni ricordo, ogni secondo, ogni sensazione, ogni profumo e ogni suono, ogni scarica elettrica nel cuore e trambusto nelle orecchie, attenta a non toccarli: metti i guanti, se li sfiori ancora una volta non riuscirai più a disfartene, prendi ogni colore e ogni carezza. Legali insieme, stringi bene, bruciali senza guardarli mentre anneriscono e diventano cenere.

Poi getta via anche la cenere.

Questa è la cosa giusta da fare.

Vorrei solo non dovermi sentire in colpa, vorrei solo non dovermi odiare.

Mi prendo la testa tra le mani e mi mordo le labbra così forte che vedo le scintille nel buio degli occhi. Sento il sapore del sangue sulla lingua e tra i denti.

Squilla di nuovo il telefonino.

Lo lascio squillare, prima o poi la smetterà.

Lorenzo, recita il display luminoso.

Rispondo.

— Finalmente, Vichi, mi stavo preoccupando.

La rabbia e la frustrazione si dissolvono al suono di quelle parole: il mio migliore amico è preoccupato, è preoccupato per me, questo basta per farmi tornare a volergli un mondo di bene.

— Ho bisogno davvero di una mano. Con Ginevra è un delirio e io...

Una mano? Dopo aver messo in piedi tutto questo casino da solo, adesso vuoi una mano? Vuoi aiuto da me?

Vuoi aiuto, un consiglio, solo questo: qualcuno con cui sfogarti, lo psicologo da cui confidarsi, l'opinione sincera su cui fare affidamento, i pareri sempre disinteressati e la spalla su cui piangere.

Di questo ha bisogno Lorenzo, non gli frega proprio niente che io non sia andata a scuola e chissà perché.

Mi sale in corpo una vampa di rabbia, di frustrazione che avvelena tutto, stringo il cellulare con le unghie, con tanta forza che rischio di spaccarlo.

— Bene... — dico tra i denti — bene, ti serve una mano.

La voce si rompe in rancore e delusione.

— Ovvio, lo capisco e non te la nego, come non te la nego *mai*, non ve la nego mai — sottolineo ogni parola, il tono alterato da una nuova tristezza — perché vi voglio bene e lo sapete. Ma... vi viene mai in mente che anch'io ho una vita? Che anche la mia può andare di schifo? — urlo e sento le guance bagnarsi, il che mi fa gridare anche di più. — E che magari, dico magari, anche a me può servire un briciolo di aiuto ogni tanto?

Grido con tutta me stessa finché la voce non si rompe in lacrime, ancora.

Spengo il telefono e lo getto a terra.

Rimbalza e sparisce sotto il letto.

A nessuno interessa come mi sento io. Questa è la verità.

GIUSTO O SBAGLIATO

Dormo. Almeno riesco a dormire, così posso permettermi di non pensare. Voglio dormire per dieci anni. O magari, se sono fortunata, non mi risveglio più.

Invece è di nuovo un trillo, un campanello stavolta, a svegliarmi, a strapparmi al mondo fasullo e inconsistente a cui sto cercando di aggrapparmi con le unghie e con i denti.

Suona il citofono e in casa evidentemente non c'è nessuno.

Suona insistente.

Se è il postino per me può anche andarsene, se non è il postino non è nessuno a cui valga la pena aprire. Quindi...

Suona, suona ancora, mi trapana il cervello con la sua insistenza, non può essere il postino.

Non apro, mi dico tirandomi su a sedere sul letto, per principio e perché mi sento uno zombie.

Non apro.

Ma il citofono non tace, mi chiama, inveisce addosso a me, non cede.

Sospiro e mi tolgo le coperte dalle gambe, poggio i piedi sul pavimento freddo e rabbrividisco fin dentro le ossa.

Ondeggio fino alla porta della mia stanza, avvolta nell'oscurità. Barcollo lungo il corridoio, fin davanti alla porta. Sto per sollevare il ricevitore, ma il citofono prende a squillare di nuovo, stavolta in modo diverso. Suona a lungo, decisamente a lungo: per una buona manciata di secondi, con un'intensità tale che è facile immaginare la persona di sotto con entrambe le dita pigiate con forza sul pulsante.

Uno squillo dannatamente familiare: il mio squillo, il mio squillo per una persona che è sempre impegnata ad asciugarsi bene la chioma bionda. Il mio squillo per Lorenzo.

Ritraggo la mano.

E sento il sapore dell'amaro in bocca.

Il citofono tace. Immagino il mio amico: sconfitto e abbattuto a guardare in alto, verso la finestra.

Ma non cede, non cede e non vuole cedere e ripete l'operazione con più impeto e più a lungo: il citofono suona come una sirena impazzita e instancabile, chiudo gli occhi e mando giù il sapore amaro.

Avvicino la mano al ricevitore, lentamente, lo sgancio e tenendolo con la punta delle dita la porto all'orecchio.

— Cosa vuoi? — sussurro.

— Vichi.

La sua voce è sollevata nel sentire la mia.

— Scusami, ti prego...

Scivolo a terra e mi siedo con la schiena contro la parete, il citofono all'orecchio, come un telefono.

— Ti serve il mio aiuto?

— Vichi, fammi salire ti prego.

Ora la sua voce è scossa dall'ansia e dal senso di colpa.

— Non puoi dirmi subito qual è il problema? — chiedo sempre più atona. — Sono in pigiama.

Alcune ciocche di capelli mi ricadono sul viso e sugli occhi, non mi sforzo di alzare una mano per spostarle, lascio che mi coprano il volto e oscurino la vista.

— No, Vichy sei tu che stai male — prosegue con tristezza. — Sei tu che hai bisogno di parlare.

Lo immagino attaccarsi con il viso al citofono, quasi volesse annullare almeno un po' la distanza.

— Sono stato uno stupido, ho pensato solo a me — fa un sospiro. — Ma perché tu non mi hai detto che avevi dei problemi?

La voce è dolce e preoccupata, morbida come se mi volesse accarezzare, da quanto non la sentivo così? Ha ragione a farmi questa domanda, perché non gliel'ho detto? Il citofono scivola due centimetri più in basso sulla mia guancia. Perché lui era preso da mille cose, dai suoi casini ed era sempre più distante, sempre più lontano da me, o perlomeno è quello che ho percepito. Ecco perché non gli ho parlato di niente, non solo di ciò che è successo ieri ma di tutto, di tutto quello che invece ho raccontato a Ginevra.

— Tu... — sussurro piano. — Tu avevi i tuoi problemi.

Lo sento respirare forte addosso al citofono.

— Mi dispiace... — dice piano.

— Non devi dispiacerti — sussurro.

— E invece sì. Non sei solo il mio confessore, non lo sei mai stata! Però lo so... so che è così che ti ho trattato.

Apro gli occhi e l'amaro in bocca si addolcisce un po'.

— Sei la mia migliore amica... — dice scandendo le parole con affetto.

Sorrido debolmente, peccato che dal citofono non lo possa vedere.

— Davvero? — chiedo piano.

— Davvero — conferma. — Mi perdoni?

Non rispondo. Schiaccio il pulsante che apre il portone e pochi istanti dopo Lorenzo è sulla porta di casa. Appena me lo trovo davanti, lui non fa nemmeno caso al fatto che sono in pigiama, mi salta praticamente addosso stringendomi in un abbraccio.

— Mi perdoni davvero? Sono un cretino.

Soffoco nel suo abbraccio, ma mi fa piacere in fondo.

— Sì, te l'ho già detto.

— Non me l'hai detto.

— E secondo te perché ti ho fatto entrare?

A quel punto scioglie l'abbraccio e mi guarda, mi squadra. Non devo essere un bello spettacolo, appena sveglia, con tutti i capelli per aria e il pigiama con gli orsetti.

— Non stai per niente bene, vero? — mi chiede serio.

Abbasso lo sguardo e scuoto la testa.

— No.

Mi siedo sul divano e fisso il tavolino. Si siede anche lui e mi prende una mano.

— Ho parlato con Ginevra — comincia lui — dopo la tua... reazione al telefono, le ho raccontato quello che avevi detto. E lei, preoccupata, mi ha riferito quello che tu le avevi confidato...

Mi passo la mano libera tra i capelli sconvolti.

— Abbiamo stabilito una specie di tregua. Abbiamo parlato insomma, lei ha sottolineato più volte il concetto della mia stupidità, a dire il vero, ma mi ha parlato... e poi come darle torto.

Termina la frase con un'espressione molto sofferente, troppo, considerato che se non stanno più insieme è per una sua decisione.

— Quindi sai tutto? — domando senza guardarlo. Provo una strana sensazione di vergogna all'idea che Lorenzo conosca questa storia, e istintivamente evito il suo sguardo.

— Ti vergogni? — chiede incredulo. — È con me che parli. Non ti devi vergognare di nulla quando parli con me.

Quanto gli voglio bene quando dice certe cose.

— Abbiamo cercato Guglielmo, ci ha detto quello che è accaduto ieri, abbiamo parlato...

— Non hai avuto una strana sensazione riguardo a lui? — chiedo interrompendolo.

— All'inizio più di una — sottolinea. — Ma quando Ginevra mi ha detto come stavano le cose e dopo aver parlato con lui, l'inquietudine è... passata. Specialmente dopo aver saputo tutto, il modo in cui hai sospettato di lui, il modo in cui lo hai evitato, il modo in cui sei scappata...

Annuisco.

— Ho rivisto me stesso nei tuoi comportamenti.

— Come sarebbe?

Il mio migliore amico annuisce.

— Paura, Vichi.

Una sola parola, all'improvviso, coglie perfettamente nel segno.

— Non fraintendermi, non una sciocca, semplice paura irrazionale, come quella dell'acqua per il bimbo che non sa nuotare, una paura fisica, palpabile, come quella che si prova davanti alla minaccia di un coltello — scuote il viso. — Una paura molto più forte, purtroppo, una paura che conosco benissimo e che ho provato sulla mia pelle.

Non seguo del tutto le parole del mio amico, ma intuisco che è sulla direzione giusta.

— La paura di quello che si prova, la paura di quello che si sta facendo. Il dubbio che sia giusto o sbagliato. Ma non per noi, no — sorride amaro — che sia giusto o sbagliato per gli altri.

Ora mi scendono due lacrime, penso, di commozione e forse anche sollievo, perché ecco che il mio migliore amico ha capito e mi ha fatto capire davvero la natura del problema e del mio dissidio.

Prende la mia mano tra le sue, stringendo con affetto.

Mi guarda con i suoi occhi azzurri, intensi e bellissimi con una punta di sofferenza giù nel profondo, come una minuscola pagliuzza nera nell'iride turchese.

— Ascoltami bene — dice scandendo le parole. — Se c'è una cosa che ho capito, se tutta la mia storia, i miei casini mi hanno fatto capire qualcosa, se Ginevra, il mio amore per lei mi ha fatto capire qualcosa... è che non devi mai sentirti in colpa per la tua felicità, non ti devi mai vergognare di stare bene, non devi mai chiedere scusa per una scelta che hai fatto con il cuore.

Mi guarda dritto in viso adesso, mi scava dentro, esamina ogni emozione.

— Non pentirti mai, mai, di aver fatto qualcosa se mentre lo facevi eri felice.

Mi si ferma il respiro. Ha senso, in fondo.

— E tu con lui sei felice — aggiunge, come se lo sapesse con certezza e magari lo sa, perché mi conosce davvero bene, sebbene a volte me ne faccia dubitare.

«Non pentirti mai di aver fatto qualcosa, se mentre lo facevi eri felice.» Questa frase riecheggia nella mia testa.

Lo abbraccio, gli butto le braccia al collo e piango.

— Sei un cretino — dico con la voce colma di affetto e lacrime.

— Grazie — dice sorridendo.

Mentre mi tampono gli occhi con le nocche delle mani, realizzo che quello che mi ha detto è inevitabilmente connesso a Ginevra, altrimenti, non lo avrebbe neanche pensato.

— Lorenzo, ma Guglielmo è…

Un singhiozzo mi mangia la parola.

— Io ti ho svelato una formula, ora devi vedere se per te è giusto applicarla…

Mi porge una busta bianca e stropicciata.

— Ma prima leggi questa.

TI AUGURO UN GIORNO SENZA FINE

Mi rigiro la busta tra le mani, non c'è il francobollo, né il nome del mittente riportato sul retro. Osservo la carta spessa e bianca, è un po' sgualcita, segno che questo messaggio ha viaggiato: è stato chiuso dentro un libro, sotto la pressione di molte pagine; ha vagato nello spazio di uno zaino o di una borsa, è finito tra due mani che l'hanno aperto e riletto, aperto e riletto, più volte, mani incerte ma alla fine sicure, che hanno richiuso la busta.

La poggio sul tavolo.

Non sparire, le raccomando, salendo spedita le scale.

Mi sfilo il pigiama e lo lascio sul letto, mi bagno il viso con tanta acqua fredda, stropicciandomi le palpebre e gli occhi, perché si sveglino del tutto. Mi vesto e mi bagno di nuovo il viso finché non sono perfettamente sveglia.

Scendo di sotto, mi siedo sul divano.

Prendo la busta.

Sul retro nessun indirizzo, ma una sola parola, scritta a mano con una penna.

Leggi...

Tre puntini. Su questi tre puntini ci posso passare degli anni, se voglio, posso leggere questa semplice parola, questo verbo, anche cinquanta volte e per cinquanta volte attribuirei a quei tre punti di inchiostro un po' sbavato un significato completamente diverso. Posso costruire e abbattere mille castelli in aria con questi tre puntini. Erigerci sopra diecimila speranze e altrettante disillusioni.

Apro la busta, quindi, e tiro fuori il foglio colmo di parole.

Mi torna in mente una delle mie canzoni preferite mentre tengo in mano questa lettera, imponendomi di procedere piano, sforzando gli occhi perché non corrano troppo avanti, impazienti come sono.

Con ogni parola un altro sentimento muore.

Spero che non sia così anche per me.

Tiro un respiro e leggo.

Ho iniziato a scrivere questa lettera la sera che sono tornato a casa con il tuo motorino, dopo le ore che abbiamo trascorso rinchiusi in quella tomba, rischiando che diventasse la nostra. La mia anzi, se non fosse stato per te.

Ti sono debitore e questo già lo sai.

Sai tante cose di me, Vichi, forse è questo il problema: sappiamo troppo l'uno dell'altra, se ci beassi-

mo della più completa ignoranza adesso sarei davanti a te, a parlarti di persona e godere della tua presenza e non dovrei scriverti.
Ma forse è un bene che debba scrivere, sì ne sono certo: è un bene e lo sai perché?
Le parole sono creature strane, bisogna fare sempre molta attenzione con loro, c'è il rischio che sfuggano di mano, che dipingano un significato sbagliato. Almeno scrivendo posso provare a imbrigliarle e far dire loro ciò che voglio.
Le chiamo a raccolta quindi, le prendo in prestito da tutti i libri che ho letto, da tutte le canzoni che conosco.

È vero, sono quello che sono. Anzi siamo quello che siamo. Non si può cambiare ciò che si è ma il modo in cui si è sì, o almeno questo è quello che ho sempre creduto.
Guarda il mondo.
Ci sono fiori che non profumano.
Uccelli che non cantano.
Veleni che non uccidono.
Angeli che non volano.
Demoni... capaci di amare.
Siamo due creature imperfette io e te, nel bene o nel male, se per male si può intendere l'essere comunque meravigliosi e unici... e mi riferisco a te, angelo.
Non so se credi nell'amore, non lo so più, anche se una volta mi hai detto che avevi paura di non trovarlo o di perderlo per sempre; spero davvero che

il tuo pensiero sia ancora lo stesso, perché forse è vero che molti ragazzi, molte persone sono più portate a credere nell'odio o nell'indifferenza che nell'amore, ma io non sono un ragazzo normale.
E io ti amo.

Poi una riga bianca, uno spazio, e altre parole, aggiunte forse in un secondo momento.

Fino a ieri pensavo fosse questo il problema: che fossimo noi stessi l'ostacolo.
Ma poi ho capito, ho parlato con chi ha la fortuna di conoscerti e volerti bene da più tempo di me, che sono piombato nella tua vita solo da alcuni mesi. Ho parlato con chi mi ha fatto capire che non è questo il punto, ma è molto più complesso e complicato.
Malgrado tutto ti capisco.
Ti capisco, Vichi, angelo mio che non sai volare e ti fai delle domande.
Non sono nei tuoi pensieri, non sono nel tuo cuore, malgrado lo desideri e non sai quanto, non posso dirti cosa è bene o cosa è male.
Devi capirlo da sola, piccolo angelo.
Io ti affido queste poche parole, scritte di fretta e d'istinto su questo stesso foglio, lette e rilette per incertezza, ma senza cambiare nulla.
Ti auguro di trovare la vera felicità.
Ti auguro di non dover mai chiedere scusa per la tua gioia.

Ti auguro di apprezzare ogni piccola cosa.
Il vento sul viso o il sole a gennaio, quando fa troppo freddo per credere che tornerà a riscaldare la terra.
Ti auguro di essere sempre ciò che vuoi essere.
Di ascoltare sempre la tua voce, che vale più di mille altre voci, perché è la tua.
Ti auguro di riuscire a raggiungere i tuoi sogni.
Acchiappali con un retino da farfalle se volano troppo in alto e non riesci a sfiorarli, ma non smettere mai di lottare per loro, di avere voglia di realizzarli.
Ti auguro di riuscire a contare davvero il numero delle stelle un giorno, o una notte.
Ti auguro un giorno senza fine.
E una notte eterna se avrai voglia di apprezzarla.
Ti auguro di inseguire sempre le speranze, perché sono davvero le ultime a morire.
Ti auguro di non vederle mai morire.
Ti auguro di capire cosa è giusto e cosa è sbagliato.
Ti auguro di capirlo per te e non per gli altri.
Ti auguro di piangere.
Per le cose brutte e quelle belle.
Ti auguro di sorridere, sempre.
E spero di poterti essere accanto un giorno per vederti sorridere.
Ti amo.

Guglielmo

HEAVEN FROM HELL

È inverno. Inverno inoltrato, freddo e secco. Le strade sono asfalto coperto di ghiaccio e luce crepuscolare: luce obliqua, che illumina a metà. Allunga le ombre e le rende sottili... Mentre cammino la mia ombra mi precede e sembra guidarmi, sembra un fantasma che mi accompagna o la proiezione della mia stessa anima, sul marciapiede grigio e arancione.

Inseguo la mia immagine stilizzata che si muove lungo l'asfalto, cammino con il sole alle spalle, i raggi rossi filtrano tra le pieghe dei jeans e del giaccone e della mia mano che ci gioca, facendo passare la luce nelle fessure tra le dita.

La luce del tramonto di inverno rende tutto più calmo. Più pacato e tranquillo. Ma poi il tramonto finisce e arriva la sera, più scura e austera, a domandarmi ancora una volta se sono veramente sicura, se so quello che sto facendo.

Nel frattempo sono arrivata davanti al cancello. È aperto.

Il sole è sparito e la luce arancione ha ceduto il posto al chiarore celeste del crepuscolo. Non è ancora buio e non lo sarà ancora per un po'.

Entro.

È in giardino, ne sono certa. Cammino per pochi passi e realizzo che non mi sbaglio: sta ascoltando musica dall'iPod con gli auricolari nelle orecchie, appoggiato al tronco del salice piangente. I rami si sollevano mossi dal vento della sera, come tende di finestre aperte. Ha lo sguardo concentrato su un libro.

Resto così per alcuni secondi, indecisa sul da farsi, a una decina di passi da lui, come sulla linea di un confine. Potrei voltarmi e andarmene e non se ne accorgerebbe nemmeno. Potrei, ma non voglio.

Alza il viso dal libro.

Un'immagine affiora nella mia memoria: io l'ho già vissuta questa situazione, così tanto tempo fa che mi pare un'illusione.

Solo che non siamo lungo la strada, non è settembre e io non l'ho quasi investito, non sto reggendo il mio motorino con le braccia e non sono lì, basita, a guardarlo e a chiedermi chi è.

Ora so chi è.

Alza il viso e si toglie gli auricolari con una mano, chiudendo il libro. Non si alza, non parla, non saluta.

Nero: un gran bel colore. Nera la notte, con o senza le stelle, con o senza la luna, è il momento che più amo. Nero come il mare d'estate quando il sole è ormai tramontato, e ti tuffi da uno scoglio senza sapere cosa ti aspetta sotto la pellicola scura appena increspata dalle onde. Ma soprattutto come i suoi occhi, oro nero prezioso e imperscrutabile, magnetico e avvolgente.

E se non fosse per la brezza fredda che scompiglia leggera ogni cosa, passando veloce, saremmo ancora lì, fermi, a guardarci, in uno stato quasi di incoscienza.

Il vento ci sveglia e subito si dissolve, lasciandosi dietro il tremolio delle foglie e dei rami.

Tiro fuori dalla tasca la lettera e la agito, come a sventolare una bandiera bianca.

— Hai vinto — dico — mi arrendo.

Sorride appena, felice ma cauto.

— Quindi... non fuggirai più a gambe levate? — chiede, con un dubbio nello sguardo.

Scuoto la testa. — No... non credo.

Il sorriso si apre e gli illumina il volto.

Respiro l'aria fredda e pungente, la mando giù come un bicchiere d'acqua ghiacciata, aspettando che il sangue defluisca dal viso.

Lui continua a sorridere mentre con due dita si tormenta il piccolo anello argenteo infilato nel sopracciglio destro.

Mi siedo accanto a lui, sotto il salice, appoggiata al tronco. Spalla a spalla, fianco a fianco, con il fiato che si condensa in nuvolette umide a ogni parola e a ogni respiro, e le mani arrossate dal gelo. Il suo braccio scivola dietro alla mia schiena, mi stringe a sé e un'ondata di calore investe tutto il mio corpo.

È sempre più buio, le stelle compaiono nei punti

più scuri del cielo, come piccole lucciole luminose e rassicuranti, a cui si appellano gli amanti che soffrono, i navigatori che si perdono e a cui i lupi sospirano quando non possono ululare alla luna, che è in ritardo e non vuole saperne di sorgere, proprio come stasera.

Poi prende un auricolare e lo avvicina al mio orecchio.

Il vento torna a trovarci, solleva i rami del salice che ondeggiano morbidi e accarezza la sua voce, confondendosi in essa, rendendola simile alla pioggia che punteggia il vetro e che scroscia sulle foglie delle piante. Voce di luce e rumore della notte. Voce che sussurra, rubando le parole a una splendida canzone, arricchendole di bellezza con il suo respiro.

— *Look at the stars...* — mormora sorridendo con il viso sul mio collo. — *Look how they shine for you... and everything you do.*

Il vento soffia più forte, ridendo di noi e sorridendo con noi, mentre altre stelle si accendono placidamente nel cielo.

— Non vale rubare le parole a Chris Martin.

— Okay, hai ragione — ammette sciogliendosi in un sorriso. — Magari questa è più adatta...

Yellow dei Coldplay scivola via dall'iPod, lasciando il posto a un'altra canzone.

Corrugo la fronte, non riuscendo a identificarla seppur le note mi siano familiari.

— *My life is brilliant... my love is pure...*

Il sangue si scioglie e il fiato lo segue, accosta ancora di più il viso al mio orecchio, quasi volesse rivelarmi il più segreto dei segreti e non le strofe di una canzone.

— *I saw an angel, of that I'm sure.*

La canzone si riempie della sua risata dolce e melodiosa, come le campanelle d'argento che si appendono alle porte o gli scacciapensieri che tintinnano agli ingressi. Una parte di questa risata scivola dentro al mio orecchio, un'altra parte vola via rapita dal vento che a tratti continua a spirare e ad avvolgerci.

— Non vale neanche rubare i testi di James Blunt — protesto nuovamente. Ride e continua a cantare, dolce e sereno, stringendo l'abbraccio e intrecciando le mie mani con le sue.

— Hai ragione anche questa volta — ammette. — E poi io sono molto più fortunato di lui in questo preciso momento: lui il suo angelo l'ha perso per sempre, l'ha visto scomparire nel vagone di una metropolitana di Londra. Io invece ce l'ho qui con me.

Mi dà un piccolo bacio, che mi fa rabbrividire.

— Anche se questa canzone è stata la mia tortura per ore e ore, anzi per giorni... — aggiunge.

— Perché? — mormoro.

Una pausa e un sospiro, prima che le sue labbra si schiudano per finire l'ultima strofa.

— *But it's time to face the truth... I will never be with you.*

Termina la canzone, terminano le note e la sua voce. Torna il silenzio intorno e quell'ultima frase ci riempie le orecchie e il cuore di malinconia. Quanta tristezza riesce a esprimere un solo pensiero e soprattutto quanta terribile rassegnazione, la morte della speranza, la fine dell'illusione.

Gli passo una mano sul viso, gli sto davvero facendo una carezza? Oppure è solo un'illusione? È sogno o realtà? Per una volta le due cose sembrano coincidere.

— *How I wish... how I wish you were here* — dico mentre una musica comincia a suonare, questa volta solo nella mia immaginazione.

Lui mi guarda e scuote la testa, non capisce a che canzone mi riferisco, e io sfido i suoi occhi neri senza paura, aspettando che si illuminino delle parole che stanno danzando dentro al mio cuore.

Poi le sue labbra si schiudono sopra le mie.

— *So... so you think you can tell... Heaven from Hell?* — sussurra a un millimetro dalla mia bocca, mischiando le parole al mio respiro.

Così, tu credi di poter distinguere il paradiso dall'inferno?

La risposta è stretta tra le nostre labbra.

Bacio, bacio di miele, bacio di fiele, bacio delle stelle appena comparse e già sparite.

Bacio di erba calpestata a piedi nudi, umida di rugiada e brina, di sole che brilla attraverso il finestrino, bacio d'amore e di dolore.

È ANCORA PIÙ BELLO

Cosa siamo? Cosa dovremmo essere? Sembrano chiedere i miei occhi, stamani che non c'è scuola e io sono in questo giardino, che di giorno, illuminato dal sole, è ancora più bello.

Quasi quanto la sera con le stelle e la luna che non vuole sorgere.

Ogni bocciolo e ogni foglia brillano di luce, la luce mattutina che di solito non puoi apprezzare oltre le finestre di una grigissima classe con i muri troppo spogli.

Oggi facciamo un gioco, un gioco semplice e divertente: siamo quello che siamo e ce ne freghiamo del resto.

Oggi non ci sono Guglielmo e Vittoria, oggi non ci sono l'angelo e il demone, oggi fingiamo di essere solo due persone che vogliono stare insieme.

Due ragazzi che si amano.

E non importa se non possono, o peggio ancora non

dovrebbero, oggi il sangue che ci scorre sotto la pelle è solo sangue.

Oggi sotto questo bel sole invernale siamo fuori dal mondo e non ci importa di nient'altro che di noi.

Ci siamo solo noi, il resto è nulla.

Ci siamo noi e questo è l'importante.

— Ma a tua zia non importa che io abbia messo le tende qui ultimamente? — chiedo mentre stiamo ripassando qualche materia, in pratica mentre leggo due paragrafi e poi resto attimi eterni a sbirciare dalla sua parte, a guardare il suo viso così concentrato, mentre ripete velocemente la lezione sottovoce, a fior di labbra, quasi recitasse una preghiera o confessasse pensieri privati e segreti.

— Non è un problema — mi risponde, distogliendo gli occhi dal testo e afferrando la mia mano che giochella con il margine di un quaderno. — È felice se io sono felice e poi siamo venuti noi qui, in questa città, di nostra iniziativa. Non può lamentarsi se socializzo con i suoi abitanti... — mi lancia un'occhiata maliziosa.

— Speriamo che possiate restarci molto a lungo — mormoro stringendo entrambe le mie mani sulla sua.

— Finché nessuno fa domande o avanza sospetti non abbiamo nulla da temere.

Lo spero davvero.

Disegna ghirigori sul mio viso con la punta delle dita della mano libera, quasi fossi una statua, accarezzando i contorni degli occhi, degli zigomi.

— Un giorno mi racconterai da cosa scappate, vero?

Annuisce.

— Certo, ma... quando sarò sicuro di non spaventarti — risponde ridendo.

Sempre così, penso, mi depista con una risata.

— Maledetto — sussurro stringendo gli occhi e simulando un tono di voce astioso.

— Esatto! O dannato, se preferisci, fa lo stesso per me.

Rido anch'io stavolta.

Mi sfiora il viso con le labbra. Così, all'improvviso, mentre sto ancora ridendo. Mi coglie sempre di sorpresa... dannato sul serio.

L'emozione sale fino a invadermi la testa, mi solleva e mi posa sopra una nuvola morbida e dorata, a chiedermi come mi chiamo e cosa ci faccio qui. Poggio le mani sul suo collo e sento il suo sangue vibrare morbido, sotto la pelle vellutata.

Ammazzatemi qui, adesso, penso.

— Vuoi saperlo davvero? — mormora, disegnando le parole sulle labbra ancora vicine.

Annuisco.

— E non ti spaventerai?

— È troppo tardi per aver paura...

Sospira. — Va bene... allora te lo dico in breve, anzi aspetta un secondo.

Si alza ed entra in casa. Io rimango in attesa, a chiedermi che forma può avere questa spiegazione: una lettera, un gioiello, uno scrigno... ma dopo pochi istanti lui ricompare davanti a me con un libro in mano. Un libro che conosco.

— Ce l'hanno anche i miei genitori quel testo.

— Non mi stupisce.

HO DECISO DI PARTIRE

Il cielo li insegue pur anche nel mare,
e il mare li sputa alla terra, e nei raggi
del sole mai stanco la terra li getta,
e il sole di nuovo nei gorghi del cielo:
l'un l'altro li cedono, sempre aborriti;
quando poi hanno avuto la giusta punizione
e si sono purificati, allora possono riprendere
il posto e il grado che a loro assegna la natura.

— È una punizione — spiega con un sorriso amaro. — Quindi si presuppone che prima o poi abbia una fine.

— Non ti sto seguendo...

Sorride.

— Sei un angelo molto ignorante!

Non può proprio fare a meno di prendermi in giro, penso con una punta d'allegria. Ma forse è l'unica maniera per sdrammatizzare una situazione ai limiti dell'assurdo e dell'incoscienza.

— La mia storia è la tua in negativo — continua. — Voi siete i buoni, noi i cattivi che hanno disubbidito. Noi le anime dannate e voi quelle beate, siamo angeli al contrario...

— Angeli al contrario?

— Sì. E poi ci siamo io e Nora, ma questa è una storia più complicata.

— Per questo voglio che me la racconti.

Lui mi scruta con uno sguardo che sembra ormai conoscermi, capire le mie probabili reazioni e le mie possibili risposte. Così da anticipare le mie mosse, e difatti ha già chiuso il libro.

— Nora è la sorella di mia madre — comincia lentamente, come se dovesse richiamare all'appello i frammenti del suo passato. — La sorella più giovane. I miei genitori sono morti, come ti ho detto, è accaduto quando ero piccolo. È passato molto tempo — dice accarezzandomi le dita, quasi sovrapensiero. — Sono stati uccisi, condannati a dirla tutta, per proteggere Nora.

Fa un respiro e prosegue.

— Perché lei si era innamorata di un umano, e questo non è consentito. I miei genitori l'hanno difesa durante i processi, ma alla fine è stata condannata a morte. Mia madre non poteva sopportarlo: la sua sorellina, che aveva cresciuto quasi fosse sua figlia, condannata a morte. Così i miei genitori hanno organizzato la sua fuga, scegliendo una destinazione segreta dove mia zia potesse stare insieme al suo innamorato, al sicuro dai persecutori. Ma i miei e quell'uomo sono stati scoperti, imprigionati e giustiziati. Mia zia invece è riuscita a fuggire, portandomi via con sé. Non mi resta che lei... Da allora giriamo come trottole, ora sembra che le acque si siano finalmente calmate. Forse hanno smesso di cercarci, o forse il divieto assoluto di legami tra demoni e umani è diventato meno rigido, chissà... — sospira e poi riprende. — Nora mi vuole molto bene, sono l'unico affetto che le è rimasto, ma non ha molto per cui andare avanti, ha perso sua sorella e la persona che amava, non posso che comprendere il perché della sua tristezza. Siamo venuti qui perché è un luogo sicuro, al di sopra di ogni sospetto, per quanto riguarda i demoni, perlomeno. Speriamo di non destare i vostri.

— Ma... e quello che è successo ad Alessia? — chiedo con un filo di voce. Non riuscirò mai ad associare il termine "morte" al nome della mia amica. Non ce la faccio.

— Non so cosa o chi sia stato... non so se era qui per noi.

— Ma se cercava voi... cosa c'entrava lei? — domando ancora, sforzandomi di non pensare che quel semplice pronome richiama un viso che non vedrò più.

Si avvicina di nuovo alle mie labbra, annullando le distanze.

Ghiaccio, calore, dolcezza, amarezza, quale parola posso utilizzare per descriverlo?

Nessuna. Nessuna può spiegare, nessuna può bastare.

Giocano i respiri, si rincorrono, si interrompono e si rubano vita a vicenda.

In quell'istante il mio cellulare prende a suonare.

Adesso smette, penso. L'idea di allontanarmi dal suo viso mi appare quasi inconcepibile.

Adesso smette!

Ma non lo fa.

— Devo rispondere — mugugno con poco entusiasmo.

— No... — protesta debolmente.

La suoneria continua a martellare la nostra intimità.

— Okay, o rispondo o spacco il telefono — mormoro a un millimetro dalle sue labbra di corallo. — Oh, è Ginevra...

Premo il tasto verde.

— Ginni!

— Ciao, Vichi, scusa se ti disturbo, so che sei da Guglielmo...

La sua voce non è turbata, fortunatamente.

Lui afferra la mia mano e comincia a riempirla di piccoli baci.

Strabuzzo gli occhi. — Piantala, scemo! — gli sibilo tra i denti, ma lui continua. Si sta divertendo un mondo.

— Avevo bisogno di parlarti, cioè, ho bisogno di parlarti, ma è meglio che te lo anticipi: ho preso una decisione.

Ha un tono molto sereno e calmo, quindi non c'è di che spaventarsi, credo.

— Una decisione? — ripeto. Guglielmo lascia la mia mano e mi guarda incuriosito.

— Sì, ho deciso di partire, vado a Londra.

Spalanco gli occhi.

— A Londra?

Cosa c'entra Londra adesso, mi sono persa qualcosa?

— Sì, starò là fino alla fine dell'anno scolastico.

— Frena, Ginevra. Ricomincia da capo, per favore, non ti seguo.

Sospira, un sospiro lungo dentro la cornetta.

— Ma... è per Lorenzo? — chiedo piano.

— Anche — ammette la mia amica. — Vichi, io non posso rimanere qui, vederlo tutti i santi giorni a scuola come se nulla fosse, non ci riesco ad andare in giro per la città e fingere che non sia successo niente, non ce la faccio...

Mi sfrego le dita sulle palpebre, come se potessi cancellare ciò che ho appena sentito. Speravo non si dovesse arrivare a questo.

— Non riesco nemmeno a stare in casa mia, nella mia stanza.

Il tono di voce ora è molto, molto più incrinato, tradisce le sue emozioni.

— Devo andare via per un po'... e poi mi servirà per migliorare l'inglese, ne ho proprio bisogno. — La butta sul ridere, ma si sente che è sull'orlo delle lacrime, e anch'io sono sulla buona strada, ora.

— Ma... e la scuola? Come farai? — mormoro.

— La continuerò lì. C'è un programma che ti permette di trascorrere un periodo in una scuola all'estero. I miei sono d'accordo. Starò in una famiglia.

Sento un blocco di angoscia e tristezza farsi strada nel mio stomaco e un groppo formarsi in gola. Mi mordo le labbra.

E io come farò senza di te per tutto questo tempo? Vorrei dirglielo, ma scommetto che è già molto difficile per lei, non è il caso di complicare ulteriormente la situazione.

— Mi mancherai tantissimo, più di quanto puoi immaginare — sussurro con tutto il cuore. Ed è vero.

— Anche tu, da morire... ma so che sei in buone mani.

Guardo davanti a me, Guglielmo capisce solo alcune parti della conversazione dagli stralci delle mie risposte, ma si è accorto che ho cambiato espressione e mi sta accarezzando la mano.

— Lorenzo lo sa? — chiedo improvvisamente. Non può stare via così a lungo e non dirgli niente.

— Io lo sto dicendo a te, perché voglio salutare te.

— Aspetta, ma quando l'hai deciso?

Devo capire meglio.

— Un paio di giorni fa... Era da un po' che ci pensavo e cercavo informazioni, sono stata fortunata perché grazie ai miei sono riuscita a organizzare tutto in pochissimo tempo.

— Pochissimo quanto? Quando parti? — Ora sto iniziando ad agitarmi.

— Devo andare a incontrare gli insegnanti della nuova scuola, e la famiglia che mi ospiterà. Poi tornerò qualche giorno in Italia, e se tutto va bene ripartirò subito dopo.

— Sì, okay, ma allora quando parti?

— Domani.

MI MANCHERÀ TANTO

Il giorno dopo a scuola è assurdo, ridicolo non averla intorno, non averla accanto.

Ginevra, non so se la tua è solo una fuga, ma posso capirti e devi sapere che io ti sosterrò sempre. Spero solo che là tu possa trovare quella tranquillità, quella pace che evidentemente qui non riesci più ad avere.

Penso a lei tutto il tempo e immagino continuamente di parlarle. In questo modo riesco a sentirla vicina, almeno un po', perché è ancora inconcepibile l'idea di non vederla più entrare da quella porta. Di non salire più sul suo macinino alla mattina, persino di non respirare più il fumo passivo della sua sigaretta.

Dentro di me, due emozioni fortissime e contrapposte lottano tra di loro. Da una parte la felicità per Guglielmo, dall'altra il dolore di un addio che mi è continuamente ricordato dal posto vuoto alla mia sinistra.

Al cambio tra la seconda e la terza ora, passo davanti al banco di Lorenzo.

— Lore, lo sai perché Ginevra non è venuta?

— Sì, lo so — risponde mesto. — Deve prepararsi per partire.

— Allora te l'ha detto.

Ha fatto la cosa giusta ancora una volta: è stata corretta fino all'ultimo.

— Io vado a salutarla stasera — aggiungo. — Prima che parta. Tu che fai?

Ti prego, ti prego, ti prego non fare lo scemo e vieni anche tu.

Pausa lunga, lunghissima. Lui non mi guarda, la testa china sul banco.

— Lore — insisto — tu che fai?

— Non credo che sarebbe felice di vedermi proprio prima della partenza.

— Ma...

— Dai, Vichi, parte anche perché non vuole vedermi per un po', un bel po'... e io dovrei andare a salutarla e ad augurarle buon viaggio come se niente fosse?

— E tutto quello che mi hai detto quando sei venuto da me? Tutto il sentimento... aria fritta?

Ha un'espressione molto tesa ora, il mio amico. Forse anche dentro di lui c'è una battaglia tra due desideri contrapposti.

— Lorenzo?

— Certo che no, ma... non posso proprio venire, Vichi. Tu vai, io non so cosa farò, ci devo pensare.

— Starà via tanto tempo... — gli dico guardandolo

in modo eloquente, e il suo bel viso angelico si rattrista ancora di più. Nel frattempo l'insegnante è entrato in classe. Passo una mano sulle scapole del mio amico e torno al mio posto.

Sarà una partenza dolorosa per tutti e due... e forse per lui sarà anche peggio.

Che coraggio, Ginevra, questo bisogna proprio ammetterlo: partire da sola e restare in un paese straniero per mesi. Deve desiderare davvero molto di lasciarsi alle spalle tutto quanto.

Quanto mi mancherà, cavolo.

Alla quarta ora comincio a diventare ancora più elettrica, penso alle parole giuste da dire, al modo migliore in cui salutare la mia amica... le frasi si mescolano decine di volte nella mia testa, e alla fine sono così confusa che non ho la più pallida idea di cosa uscirà dalla mia bocca.

Partirà, la mia Ginevra, e il pensiero non mi abbandona.

Bussano alla porta.

Adesso si aprirà e sarà la mia amica, correrà al centro della classe e abbraccerà Lorenzo. Lo perdonerà e si rimetteranno insieme, e non si lasceranno mai più. Come la scena finale di un vecchio film.

Non è Ginevra, ma l'unica persona capace di riportare un filo di buonumore in questa giornata infernale.

— Scusi, Vittoria può uscire un secondo, per favore? — chiede con la voce melodiosa di sempre.

— Va bene, ma solo per un secondo — acconsente il professore, dato che sta interrogando e io fortunatamente sono già passata sotto la sua ghigliottina.

Mi alzo più che volentieri ed esco dalla miniaula dove il mio demone non entra mai, memore della brutta esperienza nella tomba e diffidando dei luoghi piccoli e chiusi.

Esco, e prima di chiudermi la porta alle spalle auguro in bocca al lupo a Camilla che è davanti alla lavagna e mi guarda uscire con gli occhioni spalancati come a dire "portami via con te".

Osservo Guglielmo con aria interrogativa.

— Come mai questa visitina?

— La mia prof ti vuole parlare.

— La tua prof? E perché?

Lui alza le spalle e si avvia lungo il corridoio. Io gli sto dietro più confusa che mai.

Il bidello ci passa accanto.

— Gianni, mi sa che il rubinetto dei bagni si è ostruito di nuovo — gli fa notare Guglielmo.

— Accidenti, quel rubinetto mi farà impazzire.

Il bidello si avvia sbuffando verso i bagni, il corridoio ora è vuoto.

Proseguo camminando in direzione della sua classe, ma il mio piede sinistro rimane a mezz'aria perché Guglielmo mi prende per un braccio e mi trascina dentro una stanza.

Chiude la porta e all'improvviso mi dà un bacio, che mi fa sciogliere. Io chiudo gli occhi e mi abbandono alle sue labbra.

— E questa sarebbe la tua prof che mi voleva parlare? — chiedo quando smettiamo di baciarci. Mi guardo attorno, siamo di nuovo nel laboratorio di Chimica dove eravamo finiti il giorno in cui mi aveva salvato da Paride.

Lui ride e si riprende le mie labbra.

— Okay, lo ammetto, era una balla... è che mi mancavi troppo. Non potevo stare un altro minuto senza di te.

Sposta dolcemente una ciocca dei miei capelli dietro l'orecchio.

— Ho fatto male? — aggiunge.

— No, anzi, mi hai salvato da una pessima giornata — dico sospirando.

Il suo labbro inferiore si piega all'ingiù in un'espressione imbronciata e preoccupata.

— È per la partenza di Ginevra, vero? — chiede pensieroso.

Una lacrima percorre velocissima la mia guancia e arriva fino alle labbra, mi accorgo che è scesa solo perché sento il sapore del sale.

— È solo che... mi mancherà così tanto — dico con voce rotta.

Asciuga la lacrima dal mio viso con la punta delle dita.

— Ti capisco... almeno credo.

Mi guarda negli occhi, lucidi e arrossati.

— Se vuoi, se ti può far sentire meglio, posso accompagnarti a salutarla. Magari ti aspetto lì vicino, così non vi disturbo.

Scuoto la testa.

— Grazie, sul serio, ma è meglio se vado da sola.

Avrei mille cose da dirle, mi sono ronzate in testa tutta la mattina... Poi magari non mi uscirà niente e resterò lì, a guardarla con gli occhi umidi, agitando la mano come una cretina.

Altre due piccole lacrime solcano il viso, altrettanto veloci.

Lui asciuga anche queste con il dorso della mano. Il suo tocco è dolce e delicato.

— Sono sicuro di no — mi rassicura. — E poi sei adorabile quando vai nel pallone, quindi non corri alcun rischio.

— Vedremo che combino — aggiungo, lasciandomi scappare un sorriso.

Mi toglie il resto delle lacrime prendendo il mio viso tra le mani e riempiendomi di baci sugli zigomi umidi.

— Avrei una domanda — la mia voce è quasi tornata alla normalità. — Perché ti piace tanto questo laboratorio?

Ridacchia.

— Perché se ci vedono fare questo in corridoio... — mi regala un bacio a fior di labbra — ci sospendono... e non ho voglia di finire nei guai.

— Ottima argomentazione — dico annuendo.

— Va meglio?

— Decisamente... mi ci voleva proprio questa chiacchierata con la professoressa.

— Quando vuoi... Sai che ci tiene molto a te — continua scherzoso — anche se non capisco proprio il perché...

Sorrido mentre usciamo e ripercorriamo il corridoio, il bidello è ancora impegnato con lo "stramaledetto" rubinetto del bagno.

Torno verso la mia classe con la mano intrecciata in quella di Guglielmo, e di colpo ci troviamo di fronte Paride. Irrigidisco la presa e il passo, distolgo lo sguardo.

Lui invece ci fissa con la solita aria di sfida sulla faccia da schiaffi.

— Qualche problema? — chiede Guglielmo notando il suo sguardo insistente e scortese.

— Io no di certo — risponde altezzoso, incrociando le braccia sul petto con aria arrogante. — Tu piuttosto, Vittoria?

Alzo lo sguardo e vedo che ha gli occhi blu piantati sulla mia mano, la mia mano nella sua mano.

La lascio andare immediatamente, pentendomi subito di averlo fatto. In pratica equivale a un'ammissione di colpa.

Alza il viso e mi fissa ancora un po', sfrontato e divertito.

— Interessante, molto interessante... Bene, ora vado, buona giornata, ragazzi.

Passa oltre senza togliersi di dosso quella dannata espressione irritante.

Poi, quando è a qualche passo da noi si volta e si rivolge direttamente a me: — Ah, Vittoria, come va il braccio? Ti eri fatta male, o sbaglio? — chiede con tono sarcastico.

La ferità al braccio è ormai rimarginata, ma brucia per un secondo, di rabbia e di risentimento.

Guglielmo alza la testa di scatto, con un'espressione di odio puro dipinta sul viso di solito così delicato. Le mani sono contratte dalla rabbia.

Paride annuisce guardandolo. — Interessante... molto interessante — ripete.

Quindi si volta e se ne va davvero.

— Cacchio, ha capito tutto — dico angosciata quando siamo rimasti soli.

— Non sopravvalutare quel verme — mi rassicura Guglielmo. — Vuole solo provocarci.

Lo spero, lo spero proprio.

Spero con tutto il cuore che sia così.

L'ULTIMO RAGGIO DI SOLE

Oggi pomeriggio il tempo trascorre in un baleno, le ore sembrano secondi, la luce è già bassa e di nuovo al tramonto mi ritrovo a camminare per le vie del centro, illuminate dalle solite sfumature così belle ma oggi così tristi. Neanche il peperino che si illumina di tiepido arancione, nemmeno il cielo ambrato con le nuvole dai contorni vermigli, riesce a rendere più leggera questa passeggiata.

La strada che porta a casa della mia migliore amica non è mai stata così dolorosa.

Le parole frullano ancora, si intrecciano, si inseguono, si compongono e ricompongono.

L'unica cosa che vorrei dirle è una frase che non uscirà mai dalla mia bocca: "Ginevra, ti prego non partire."

Arrivo davanti al portone e vedo suo padre che carica delle borse in macchina.

Mi lascia veramente, quindi, penso, come se fino

ad ora si fosse trattato solo di uno scherzo. Adesso ho la prova inequivocabile della sua partenza.

Ginevra scende e andiamo a sederci al solito posto: sulla fontana di pietra, la stessa che ci ha visto parlare del più e del meno così tante volte che ha perso il conto anche lei, mescolando le nostre risate allo zampillare leggero dell'acqua fresca.

— Allora parti... — dico trattenendo le lacrime e sforzandomi di sorridere.

Ginevra deve essere felice di partire, non può lasciarsi alle spalle la sua migliore amica con gli occhi rossi e gonfi come due peperoni.

— Dai, raccontami qualcosa, cosa farai lì? — le chiedo sempre cercando di mostrarmi allegra.

— Eh... studierò, come qui, ma in inglese, sarà bello... incontrerò un sacco di persone.

Il suo tono è indecifrabile. Mescola curiosità, paura, impazienza.

— Non divertirti troppo — dico, ma correggo subito il tiro. — Scherzo! Fai buon viaggio e divertiti, goditi ogni istante e torna più agguerrita che mai.

Lei sorride e io penso che queste erano pressappoco le cose migliori che potevo dirle. E che non c'è molto altro da aggiungere.

— Grazie, tesoro.

— Ci sentiremo tutti i giorni, sarà come se non fossi mai partita. È che... — aggiungo e sento gli occhi bruciare — ... mi mancherai così tanto.

Un singhiozzo mi scuote il petto, cerco un'ultima volta di trattenerlo prima di abbandonare ogni freno e scoppiare in lacrime. — Non sto piangendo! — esclamo come se le mie parole potessero nascondere la verità. Adesso anche la mia amica ha gli occhi lucidi.

— Non sto piangendo… giuro! — cerco di dire tra le lacrime.

— Ti è andato qualcosa in un occhio, allora — dice Ginevra sorridendo tra le lacrime che le bagnano le lunghissime ciglia e le guance.

Sorrido. Dio, come farò senza di lei? Senza le nostre cavolate?

— Ti voglio un mondo di bene — dico abbracciandola fortissimo.

— Anch'io, tantissimo.

— Divertiti, non badare alle scemate che ho detto prima, ti devi divertire.

— Mi mancheranno le tue scemate.

— Te le manderò con Messenger ogni giorno, te lo prometto.

— Davvero?

— Davvero!

Il papà di Ginevra si schiarisce la gola.

— Tesoro, dobbiamo andare… — dice piano, triste anche lui di veder partire la sua bambina. Mi si riempiono di nuovo gli occhi di lacrime, ci abbracciamo di nuovo.

— Sei una grande, sei una forza della natura, non te lo dimenticare.

— Ci proverò… e tu svegliati la mattina, anche senza i miei spericolati passaggi a scuola!

— Okay.

Ci separiamo.

Rimango a guardarla mentre sale in macchina, mentre si allaccia la cintura e mi saluta con gli occhi rossi dal finestrino.

Agito fortissimo la mano, come una cretina, proprio come avevo previsto.

Continuo ad agitarla quando la macchina parte, imbocca la strada e anche quando gira e sparisce dietro la curva e la mia amica non può più vedermi.

— Oddio, quanto mi mancherai, Ginevra... — sussurro tra me e me, tirando su con il naso e pulendomi il viso.

Rimango a guardare la fontana, e il sole che si abbassa nel cielo.

Non abbiamo neanche fatto in tempo a esprimere il nostro ultimo desiderio, così come tu mi hai insegnato: all'ultimo raggio di sole, che è ancora un po' troppo lontano.

OMBRE SEMPRE PIÙ LUNGHE

Cammino, sospirando, torno verso casa. Mi sento svuotata da ogni emozione, le lacrime hanno cancellato tutto.

Squilla il cellulare nella mia tasca, ancora una volta.

Spero sia lei, ma non avrebbe molto senso, no?

E infatti non si tratta di lei, è un numero che non conosco. Sono tentata di non rispondere, ma poi mi schiarisco la voce roca che le lacrime mi hanno lasciato e premo il tasto verde.

— Pronto? — mormoro, magari è Lorenzo che vuole sapere com'è andata.

— Ciao, Vichi.

— Chi parla?

— Ma come, non mi riconosci?

Aggrotto la fronte. — Paride?

Sono confusa.

— Come hai avuto il mio numero?

Io di sicuro non gliel'ho mai dato.

Sbuffa. — Capirai, mica sei un agente segreto in missione, Vichi.

— Che diavolo vuoi? — chiedo spazientita, ho appena salutato la mia migliore amica e non sono in vena di fare conversazione. Soprattutto con lui.

— Centrato: diavolo, parola interessante, non credi?

Smetto di camminare, il respiro si fa più corto.

— Sinonimo di un'altra parola molto interessante — continua Paride. — In questo momento mi sfugge però, lascia che ci pensi solo un secondo... Ah, ecco: demone.

Scandisce le ultime sillabe in modo esagerato, con tono divertito.

— Non capisco di cosa stai parlando.

— Io credo di sì, invece. Sai, la cosa ha cominciato a sembrarmi molto strana da quella famosa sera da Marco... sì, davvero strana, allora ho chiesto informazioni ad alcune persone, e poi la conferma l'ho avuta stamattina, proprio grazie a te, Vichi. È stato come se all'improvviso mi avessi aperto gli occhi. Il modo in cui ha sciolto la presa delle vostre mani. Evidente, palese...

— Non è come pensi — dico con un filo di voce.

— Non ti preoccupare, non voglio fare niente al tuo diavoletto — ride divertito. — Facciamo così, vieni da me, ne parliamo, e se riesci a convincermi che mi sono sbagliato magari potrei ripensarci e... non andare alla polizia a denunciare Guglielmo per l'uccisione di Alessia. Che ne dici?

— Non lo farai — dico decisa.

— Dipende da te — ribatte e ride, divertito e crudele.

Spengo il telefono e comincio a correre. Non mi sento più il cuore, non mi sento più l'aria nei polmoni.

La paura non spiega quello che sto provando, la paura non è niente rispetto a quello che sto provando, niente.

Terrore. Terrore di perdere la cosa più bella della mia vita, la cosa che mi ha fatto ricredere sulla mia convinzione di non incontrare mai l'amore vero, la metà perfetta, l'anima gemella.

Mi torna in mente la crudeltà con cui Paride quella sera aveva gridato: «Puoi star certo che te la farò pagare!»

Lo aveva detto con così tanta rabbia e violenza.

E ora vuole mantenere la promessa.

Corro e divoro la strada, sempre più angosciata, anche perché non ho idea di cosa dire, di cosa fare... cosa potrebbe distoglierlo dal suo piano? cosa potrebbe convincerlo a lasciar perdere?

Il telefono suona di nuovo, spero non sia lui, spero sia qualcuno che può darmi una mano perché ora come ora sono disperata.

— Vichi, non ce l'ho fatta. Sono un vigliacco.

La voce di Lorenzo.

— Cosa? — chiedo angosciata senza rallentare e sentendomi sempre più male.

La voce del mio migliore amico sembra quella di un fantasma. Forse stiamo diventando tutti fantasmi senza nemmeno accorgercene... in fondo non sarebbe così male, andremmo tutti dove dobbiamo andare: inferno o paradiso, sarebbe il destino a scegliere e io non dovrei stare qui a scervellarmi per trovare una soluzione a una situazione impossibile.

— Quando tornerà non sarà mai più la stessa cosa — continua lui. — E avrò perso la cosa più importante della mia vita.

— Lore — dico, con le lacrime in gola e il sangue che bolle nelle vene. — Io sto per perderla in questo momento la cosa più importante della mia vita!

Un senso di atroce impotenza mi assale e mi paralizza.

— Paride ha capito tutto! Ha capito tutto! — grido nel telefono disperata. — Ha capito che Guglielmo è un demone e vuole andare a denunciarlo perché è convinto che sia stato lui a uccidere Alessia.

— Che cosa?! — esclama Lorenzo.

— Vuole che io lo convinca che non è così! — grido, maledicendomi in tutte le lingue che conosco.

— Dove sei? Non dire una parola senza di me.

— Per strada! Sto andando da lui!

Un'ombra mi si para davanti, così, all'improvviso e apparentemente dal nulla. Io non ho il tempo di fermarmi e le piombo addosso. L'impatto mi stupisce per quanto è doloroso.

Cado a terra, completamente senza fiato.

Respiro affannata, rimanendo a terra. Una figura alta e longilinea, avvolta in un lungo cappotto nero con il cappuccio tirato sulla testa e una sciarpa scura che nasconde il volto mi sta fissando.

— Ciao, Vittoria.

Il poco sangue che mi è rimasto in corpo ghiaccia, percepisco distintamente ogni singola goccia gelare e diventare una scaglia mortale conficcata tra vene e pelle.

— Ma che fortuna incontrarci qui — continua la voce, disumana, che lacera la pelle e l'udito, più rumore che voce, più strepito che rumore.

— Ti sei fatta male? Ti prego, lascia che ti aiuti.

La figura allunga una mano nella mia direzione e a stento soffoco un grido.

Non è una mano normale, è coronata da scurissimi artigli, affilati come lame.

Mi ritraggo, incapace di alzarmi, bloccata al suolo.

— Ti spavento?

Ghigna. Capisco dal timbro seppur tremendo della voce che è una figura femminile, ma sono impietrita.

— Ma che maleducata sono, lascia che mi presenti.

Solleva ancora la mano e ruota il polso mostrando la parte interna.

— Io sono Eva — mormora.

Il polso destro si svela: vi è impresso, come marchiato a fuoco, un tatuaggio nero: il loro simbolo.

Sorride soddisfatta e io mi sento morire di terrore. Guardo quegli occhi seminascosti dall'ombra del cappuccio, inumani, freddi come ghiaccio, come lama di metallo, sottili come rasoi, come quelli di una bestia.

— Non mi conosci, tu... ma sai chi mi conosce?

Mi parla come se si rivolgesse a una creatura inferiore, incapace di comprendere appieno le sue parole.

— Un tuo *caro* amico, che è anche amico mio a

dir la verità. Anche se da un po' è sparito dalla circolazione, e non capisco proprio perché. Ormai lo sto cercando da parecchio tempo — la sua voce è intrisa di odio, il tono delle sue parole tradisce il loro vero significato. — Oh, ma poco importa, ora che ho trovato te non sarà difficile arrivare a lui, e se tutto va bene riusciremo a fare quattro chiacchiere anche con la sua dolce zietta.

Così dicendo avanza di qualche passo verso di me. Io istintivamente indietreggio, spaventata. E lei si ferma a guardarmi con aria falsamente stupita.

— Ma no, non devi scappare, di che ti preoccupi? Non è te che voglio, non voglio certo ucciderti. Sempre che tu non faccia sciocchezze, come quell'altra ragazza, come si chiamava? Alessia... un angelo grazioso, non c'è che dire, e così simile a te.

Ecco, sto vivendo un incubo, sono piombata nel mio incubo, l'incubo che mi insegue e non mi fa svegliare, l'incubo che mi fa urlare e da cui a malapena riesco a uscire quando qualcuno mi scuote con forza. Il mio incubo peggiore.

Sparisce nel buio l'immagine nera di ombre sempre più lunghe, di Piazza della Morte.

I DEMONI UCCIDONO GLI ANGELI

Mi sveglio, apro gli occhi, è tutto buio. Non so dove mi trovo, sono ancora viva?

Tempo. Vorrei avere più tempo. Credevo che ne avrei avuto molto davanti a me. Essere arrivata al capolinea adesso mi spaventa, mi terrorizza.

Ma non voglio piangere davanti a lei, lei che gioisce della mia paura, che si nutre del mio terrore, che si nutre di anime, divora la vita, succhiandola fino all'ultima goccia. Non voglio che si cibi del mio dolore, che si lecchi le labbra come un serpente, assaggiando le mie lacrime.

Tempo.

Regalatemi un anno.

Un anno per tornare indietro e vivere in modo diverso? Per prendere altre decisioni? No, non cambierei mai il passato solo per evitare questa situazione oggi.

Regalatemi un mese.

Un mese per dire addio alle cose che contano e alle persone care, per salutarle una a una.

Regalatemi un giorno.

Un giorno, voglio sentire che cosa si prova a vivere il proprio ultimo giorno, a sentire l'ultima alba sulla pelle, l'ultima brezza sulle labbra, l'ultimo sogno e l'ultima luna.

Regalatemi un'ora, un'ora soltanto. La userò bene, lo prometto, la userò per congedarmi dalla vita e dire addio al mio amore.

Regalatemi un minuto, pochi secondi basteranno per salutare quegli occhi, quel viso, per chiedere scusa e pregarlo di andarsene finché è in tempo.

Perché se io devo morire posso accettarlo... ma a lui che accadrà? Cosa succederà se torna da dove è fuggito? E se resta qui e lo accusano di qualcosa di così atroce come togliere una vita? Non posso sopportare l'idea della sua sofferenza, della sofferenza su quegli occhi, su quel viso di giada.

Tempo.

Regalatemi un secondo.

Il tempo di un battito, un battito di ali o un ultimo battito di cuore. E io te lo regalo, Guglielmo, ti regalo le mie lacrime e il mio ultimo respiro.

Eva, fai in fretta, dove sei? Sei qui dentro? Esci fuori, creatura di veleno. Ti nascondi nelle tenebre di questa stanza, di questo edificio, che domani la gente guarderà inconsapevole dei tuoi artigli di demone malvagio che ne hanno graffiato la superficie.

Guardo fuori dall'unica apertura verso l'esterno,

una piccola finestra che dà su Piazza della Morte. Si chiama così perché si dice che in tempi antichi il diavolo apparisse a chi si affacciava alle finestre degli ultimi piani costringendolo a buttarsi, a uccidersi. Anche se è solo una leggenda, gli ultimi piani sono sempre deserti, nessuno sale, nessuno si affaccia a quelle finestre.

Il sole tramonta, è il suo ultimo raggio, è il mio ultimo giorno.

Una mano di artigli mi afferra per il collo e mi costringe a voltare la testa.

Eccola. Sorride, ghigna, con denti che sembrano zanne e occhi disumani, i capelli simili a una criniera, una letale corona.

Stringe la presa intorno al mio collo. Non respiro, tento di divincolarmi. Mi lascia andare e io striscio veloce nell'angolo opposto della stanza. Lei mi guarda sadica, divertita, gioca con me come farebbe con un topolino in gabbia.

Respiro affannata, il collo brucia dove mi ha toccato.

Ride, mentre intorno a me cominciano a delinearsi i contorni della stanza.

La fisso, terrorizzata.

Lei torna alla carica, si avvicina, mi afferra i polsi con una mano e mi scaraventa contro il muro di pietra alle mie spalle.

Avvicina il suo viso al mio, si lecca le labbra e sorride.

Non piango più, non tremo più, non sento più nulla, la guardo fissa nelle iridi.

Si passa la lingua sui denti perfetti e fa scivolare un artiglio affilato sul mio viso, lentamente, dalla tempia, lungo lo zigomo, fino al mento.

Poi risale, fino alla tempia, molto piano.

— Sarebbe un tale peccato, uccidere una creatura così graziosa...

La sua mano scende lungo il collo e si appoggia sul mio cuore. Ne ascolta il battito impazzito e sorride soddisfatta.

— ... e così innocente — aggiunge.

Sento le sue unghie sulla pelle, desiderose di lacerare, squarciare, strappare... Temo che potrebbe succedere da un secondo all'altro, immagino i suoi artigli affondare nella mia carne come un coltello nel burro.

Una lacrima si affaccia sulla mia palpebra, la vedo, mi offusca lo sguardo. Vorrei ricacciarla subito dentro, per non dare a Eva la soddisfazione di vedermi piangere, ma è più veloce di me. La sua mano mi spinge indietro, mandandomi a sbattere di nuovo la schiena contro il muro, con violenza.

Chiudo gli occhi e stringo i denti per il dolore. Il suo viso è a pochi centimetri dal mio, la sua lingua si affaccia tra le sue labbra, non ho idea di cosa voglia farmi. Di come voglia proseguire il gioco. Sento il suo fiato, sento il calore della sua pelle, sento caldo e poi d'un tratto freddo, quando mi lecca via la lacrima con la lingua gelida, indugiando con il fiato di fuoco sul mio zigomo.

Caldissime lacrime mi inondano le guance e il collo scosso da tremiti, mi aspetto che se le beva una a una. Invece non lo fa. Si avvicina al mio orecchio.

— Non è ancora il momento... — sussurra. — In fondo il nostro amico non è ancora qui...

Così dicendo, prende il mio cellulare e compone velocemente un messaggio.

— Ecco, adesso ci raggiungerà.

Sorride, io inorridisco e approfittando di un istante in cui si distrae, scatto in piedi e mi lancio verso la porta. Ma la sua reazione è immediata. Mi afferra per un braccio, stringendolo con forza sovrumana.

— Non complicare le cose. Non ci vorrà molto.

La guardo tra il pianto, l'odio e il ribrezzo.

— Perché hai ucciso Alessia? — chiedo con rabbia e repulsione. Se solo le parole potessero uccidere, in questo momento avrei già chiuso questa storia col mio odio.

— Perché i demoni uccidono gli angeli.

Non riesco a credere alle sue parole, non riesco a credere che una creatura razionale, qualunque sia la sua natura, possa spezzare una vita come si toglie una briciola da un panno.

— Non ci vorrà molto — ripete. — È questione di minuti.

Tempo.

Regalatemi un minuto e un paio di ali, per impedire al mio amore di venire a morire.

NON HAI MAI VISTO L'INFERNO

Lo sento, sta arrivando. Lo vedo mentre legge il messaggio, mentre si infila il cellulare in tasca ed esce di casa correndo. Lo vedo salire sulla moto e partire sgommando, e poi fermarsi davanti a questo edificio e guardare verso l'alto. Cosa ha scritto Eva? Come lo ha convinto a venire qui? Ora è sulle scale, sta salendo gli scalini a due a due. Io vorrei urlare, supplicarlo di tornare indietro, ma non posso. Lui sta venendo qui, incontro alla sua morte, e io non posso fare niente.

La serratura di ferro pesante scatta, in un secondo è già troppo tardi, non c'è più via di uscita. Non si accorge subito di me. Vede solo lei, la figura che lo perseguita da quando era poco più che un bambino, e che probabilmente ha ucciso i suoi genitori. Gli occhi si dilatano, si sgranano in un'espressione di stupore violento e orrore profondo.

Poi vede me, accasciata contro il muro, dolorante.

— Oddio.

Mi si avvicina, passa le sue mani delicate sul mio viso, il dolore si affievolisce grazie al suo tocco dolce, ma solo per un istante. Stringo i denti, fitte acute di dolore percorrono la mia schiena lasciandomi senza respiro.

— Cosa le hai fatto, mostro? — urla tra i denti, con le pupille nerissime che si incendiano di collera.

— Ancora niente — risponde lei tranquilla, muovendo le mani affusolate e inquietanti sulla parete.

— E poi, che modi sono questi? Mostro: non è carino riferirsi così a un tuo simile, non credi?

Non riesco più a muovermi per il dolore, altrimenti mi sarei già scagliata addosso a lei per la terza volta.

— Io non sono come te — sussurra Guglielmo rabbioso ma con tono fermo.

La nostra carceriera incrocia le braccia e si avvicina veloce.

— E pretendi di essere come lei? — chiede, afferrando il mio viso e voltandolo verso di lui.

— Non toccarla! — grida, colpendole forte il braccio e facendola arretrare di alcuni passi.

Ride ancora, lei. — Non voglio una rissa — sentenzia.

— E cosa vuoi? — domanda, sempre più rabbioso.

— Voglio regalarti una possibilità.

Gli si avvicina, lentamente, pronunciando le parole quasi con delicatezza, con dolcezza, il che crea una discrepanza evidente con la malvagità delle sue intenzioni.

— Una scelta...

Accarezza il volto tirato di Guglielmo, passa le sue dita ripugnanti sui suoi zigomi e sulle sue labbra morbide. Le sue mani su di lui. Le sue mani crudeli e assassine.

Sento la rabbia e il ribrezzo divamparmi dentro come un fuoco.

— Perché non torni a casa con me? Troveremo una soluzione, è passato tanto tempo, tu eri solo un bambino, un bambino innocente, sono sicura che nessuno serba del rancore verso di te, nessuno. Perché non torni da chi ti assomiglia, da chi ti appartiene? Tu non c'entri niente con questo posto, e soprattutto con lei.

Sussurra ogni parola con voce suadente, vellutata... ma alle mie orecchie arriva viscida e ingannatrice, come il suono dei sonagli ammaliatori di un serpente.

Guglielmo la ascolta in silenzio, soppesando con cura ogni parola. Quindi annuisce, ma stringe i pugni.

— Mai! — sibila, rispondendo alle sue parole con un'occhiata di puro odio. Scintille incandescenti brillano nel buio dei suoi occhi.

Eva acciglia lo sguardo e le labbra sottili, poi scuote il capo.

— Peccato. Hai fatto la tua scelta. E ora ne pagherai le conseguenze.

Eva toglie con un moto di disgusto la propria mano dal viso di Guglielmo, che prima accarezzava con tanto piacere.

— Sarebbe stato più semplice...

In un istante è dietro di me, mi solleva come una

bambola, mi frappone davanti a sé e piega il mio braccio in modo innaturale dietro la schiena. Mi sfugge un grido di dolore. Sento i suoi artigli sotto la mia gola stuzzicarmi la pelle come filo spinato.

— In caso non te ne fossi accorto, credo di avere argomenti piuttosto convincenti.

— Sei solo una vigliacca! — grida con la voce rotta da rabbia e paura.

— Guglielmo... — dice tranquillamente lei, tenendo la presa ben stretta sulla mia gola — stai attento.

Mi passa la mano sul petto e sul collo, lungo la clavicola e di nuovo sul collo. Non più come prima sul viso di lui, lenta e pacata, ma repentina e violenta. Poco la trattiene dal penetrare la mia carne.

— Attento... — ripete.

I suoi artigli disegnano una linea attorno al mio cuore.

— Non provocarmi, non farmi arrabbiare!

Quasi sbraita, astiosa e mi graffia la pelle con le unghie. Grido di dolore, anche se è solo un graffio brucia, brucia come se la pelle fosse aperta da lame arroventate. Il sangue esce caldo.

— No! — urla Guglielmo. La sua voce si spezza e lui sobbalza, come squassato da un tuono. Poi si accascia al suolo. Le ginocchia sbattono contro il suolo, le braccia inerti lungo i fianchi e i pugni stretti.

Eva, immobile, allenta la presa sul mio collo e si abbandona a un sorriso di trionfo. Ma il sorriso dura un istante e poi si spegne. Guglielmo alza la testa di scatto, i suoi occhi avvampano di rabbia, sono braci ardenti, rossi di fuoco. Il suo viso è trasfigurato, i lineamenti tesi, senza espressione. Trema, trema ancora.

Gli occhi bruciano nell'oscurità della stanza, la mandibola contratta lascia scoperti i denti che brillano d'avorio, una luce argentea incorona i suoi capelli, mentre alle sue spalle si allargano due ombre. Due ombre nere che riempiono la stanza, due fantasmi di tenebre e sangue si aprono sulla sua schiena.

La stanza scompare nell'immagine di Guglielmo crocifisso alle sue ali insanguinate.

Vengo gettata via come uno straccio, piombo a terra carponi e rotolo sulla schiena.

Poi li vedo, uno contro l'altra. Demone contro demone. Colpi, lamenti e grida che si accavallano. Lui le si scaglia addosso come una furia, la stessa furia che tempo addietro aveva fatto crollare la parete di una grotta come un castello di carte. Le sue mani si avventano contro la rivale, la colpiscono con forza sul petto facendola indietreggiare di qualche metro.

Ma Eva subito si ricompone, senza perdere il sorriso. — Se questo è tutto ciò di cui sei capace, credo di averti sopravvalutato.

Così dicendo gonfia il petto in un respiro innaturale, prima di abbassare la testa e scagliarsi contro di lui con forza sovrumana. Guglielmo non regge all'attacco e finisce dritto contro la parete, a pochi passi da me. Il muro alle sue spalle si crepa e si tinge di rosso. Guglielmo giace a terra apparentemente esanime. Eva sta per abbattersi di nuovo su di lui, quando con un rapido movimento Guglielmo si rialza e in un istante è di nuovo alle sue spalle. La coglie di sorpresa stringendole il collo. Un urlo sovrumano squarcia il silenzio, ma non so più chi sia a urlare. I loro corpi si attorcigliano e si fondono in un'unica figura: braccia, gambe, ali e sangue. E l'urlo, sopra ogni cosa, di una bestia che sta per morire. Sono così tremendamente uguali in questo momento, sono una cosa sola, un'unica natura. Un demone che io amo solo per metà, anche se quella metà, in questo momento, si sta facendo ammazzare.

Sta morendo, per me.

Colpi, altri colpi. Non vedo niente, non capisco, percepisco parole miste a gemiti, miste a dolore. Chi soccombe a chi?

Un rivolo di sangue scarlatto gli scorre sulla tempia, tinge il viso perlaceo, lo scompone, lo macchia, come oro su argento.

Colpi, altri colpi, altro dolore. Chi soccombe a chi? Vorrei capirlo, vorrei urlare.

Mi alzo, ho le vertigini, la testa vortica impazzita, la stanza si tinge di nero e pulsa, mi aggrappo alla finestra che dà sulla strada, mi appoggio al davanzale per non crollare carponi. Ed è la salvezza: giù in strada, su quel tassello di pietra che sembra così lontano, stanno correndo due figure.

— Aiutooo! — urlo con tutto il fiato che ho in gola.

La vista si appanna di nuovo e una mano cerca di strapparmi da quella feritoia, da quella via d'uscita.

Mi aggrappo alla rientranza del muro con le unghie,

resisto al violento strattone, la stanza diventa di colpo una striscia nera, ancora più sfocata.

— Aiutooo! — urlo più forte, il mio grido esplode da quanto è intenso, da quanto è disperato.

Giù, nella via, i due si fermano, mi hanno sentito e alzano il viso: Lorenzo e Paride.

Capiscono, corrono verso l'ingresso del palazzo. Non ho tempo, non ho la lucidità per chiedermi cosa ci faccia Paride insieme a Lorenzo.

Un altro strattone, Eva mi afferra per i capelli e mi strappa dalla finestra, atterro su un fianco ma mi rialzo subito, combattendo con le ombre che scendono sui miei occhi. Mi getto sulla porta, che è ancora chiusa, dietro di me lo scontro continua. Il volto di Guglielmo è trasfigurato dalla ferocia, il suo sguardo non ha più nulla di umano, e un nuovo terrore si avvinghia al mio cuore, ne succhia le speranze: dov'è il mio ragazzo? Dov'è il demone con la faccia da angelo? Lui, è come lei. Sono uguali, sono la stessa cosa. Ed è esattamente questo ciò a cui Eva voleva arrivare: distruggere la sua imperfezione, farlo diventare quello che la sua natura comanda.

La maniglia non risponde, è bloccata dalla chiave. Mi scortico le mani battendo sopra la superficie di legno, mi ci butto addosso con la spalla. Ma è inutile. Oltre la porta sento la voce di Lorenzo che grida il mio nome, ma è un sussurro che si deve far strada tra le urla che riecheggiano nella stanza.

— Vittoria!

— Sono qui! Vi prego, aprite questa porta! — grido

tra le lacrime che confondono la mia voce e mi bagnano il collo, le mani, le ferite.

Battiti sulla porta: di spalle e calci, forti ma ancora troppo deboli.

— È bloccata! — esclamo.

Dietro di me un colpo ben più forte viene assestato, sento la voce di Guglielmo imprecare e vedo il volto sporco di rosso straziarsi in un'espressione di agonia.

— Lorenzo, ti prego! Lo sta ammazzando! — urlo con una disperazione lacerante, squarciando con le unghie le venature del legno della porta.

Un colpo più intenso alla porta, ancora troppo poco.

Un altro, anch'esso troppo debole.

E poi silenzio.

Non sento più niente: non sento il dolore delle ossa e delle membra, il bruciore del sangue misto al sale delle lacrime, i miei respiri così corti. Ho le mani avvinghiate alla pesante maniglia di ferro ma in realtà non sento più neanche quella.

Sto per morire.

Non sento niente, vedo solo lui.

In piedi, in bilico, crolla sulle ginocchia davanti a Eva, distrutto, con gli occhi ancora vivi, intensi e fieri, ma il resto del corpo ormai annientato: le vene pulsano, esplodono, il petto si alza e si abbassa al ritmo del respiro mozzato, il sudore ricopre la fronte, il sangue avvolge le tempie e le guance.

Gli occhi lucidi di sfinimento la fissano, si aggrappano ostinati a quella figura.

— Vai all'inferno — alita in un soffio, guardandola.

— Tu non hai mai visto l'inferno — scandisce atona. Alza il braccio come una scure pronta ad abbattersi su di lui. In quell'istante Guglielmo allontana gli occhi da lei e li posa su di me.

Dolore, tristezza, rammarico, amore... è tutto lì: tutto in un ultimo intenso sguardo, sporco di lacrime e sofferenza, il suo ultimo sguardo, per me, solo per me.

Il suo ultimo secondo.

Voglio che sia anche il mio.

I suoi artigli si abbattono con forza sovrumana su Guglielmo, ma non lo trovano. Perché in mezzo, adesso, ci sono io.

Il colpo esplode sul mio viso e sul collo.

Poi il rumore della porta che finalmente cede e si sfonda, l'urlo agghiacciante di lei, che vede due angeli dalle bianche ali macchiate di sangue piombare nella sua stanza degli orrori e il demone inginocchiato ai suoi piedi ancora vivo. Io giaccio a terra, non sento più niente, ho gli occhi chiusi e bagnati di lacrime e sangue. Ma ciò che accade nella stanza, accade anche dentro di me, e io posso seguire distintamente la scena con altri occhi.

I due angeli si buttano su di lei, colpendola e strappandole la pelle, rabbiosi. Lei è stanca, e l'hanno colta di sorpresa. Guglielmo, stremato, si accascia a terra e allunga una mano verso di me. I suoi occhi sono colmi di lacrime.

Vorrei sorridergli, dirgli che va tutto bene, che è la fine e che il nostro ultimo secondo lo abbiamo vissuto insieme. Muovo le labbra debolmente e cerco di sfiorare le sue dita.

Un tonfo sordo, come un vaso di coccio che si rompe sul cemento.

E poi un silenzio irreale.

— Tu devi morire — sentenzia una voce, quella di Paride. È in piedi, lo sento accanto a me. Ma la sua minaccia di morte è rivolta a qualcun altro.

— No, Paride — sussurro debolmente. — Lui non è quello che pensi.

La strega ne approfitta, pochi istanti di distrazione e sparisce lasciando dietro di sé solo una scia di sangue scuro. Scappa, fugge via, svanisce. Lorenzo impreca, ma è tardi: il demone se n'è andato.

TUTTO CIÒ CHE RIMANE

Sono morta. Sono viva. Quanto tempo è passato? Non lo so.

Guglielmo giace sdraiato in mezzo alla stanza. Il suo torace è immobile, il tempo sembra essersi fermato. Non sento i miei pensieri, non sento nessun rumore, solo il rantolo del mio respiro affannato. Paride è in piedi davanti a Guglielmo, una scintilla di collera brilla ancora nei suoi occhi, i vestiti lacerati, i capelli bagnati di sudore e sangue. Tutto ciò che rimane dell'inferno e del paradiso sono solo poche piume bianche e nere sparse al suolo.

— Paride, ascolta! — urla Lorenzo, mettendosi in mezzo, tra lui e Guglielmo. — Non ci farà nulla, non le farà del male!

In quel momento Guglielmo tossisce, il suo corpo ha un fremito, sembra riprendersi improvvisamente da un lungo sonno. Si solleva di colpo e si guarda attorno con occhi ancora pieni di ostilità. Ma è in quegli occhi che mi perdo, e anche se non trovo nessuna parola, nessuna canzone, nessun gesto, gli occhi sanno già tutto.

La sua espressione si rilassa, mentre Paride indietreggia. Lorenzo comincia così a raccontargli la sua storia, tutta la sua storia. Guglielmo ascolta in silenzio, come se non fosse lui il demone protagonista di quel passato inquietante. E quando infine Lorenzo tace, anche gli occhi di Paride sono cambiati.

— Avevo ragione... — dice alla fine.

— In parte, solo in parte — dice Lorenzo. — Ora sei in una posizione scomoda, Paride, devi tenere la cosa per te, devi promettercelo. E comunque nessuno ti crederebbe ...

Paride sospira e si morde le labbra, fa una specie di grugnito di assenso, ma non saprei dire cosa gli sta passando per la testa.

— Io vi aspetto fuori — dice semplicemente e passa oltre l'arco che fino a poco fa ospitava la porta.

E a quel punto nulla può più fermarmi. Mi precipito da Guglielmo, gli prendo una mano.

— Mi hai salvato di nuovo la vita — sussurra.

— Io?

Annuisce.

— Sono pochissimi gli angeli che hanno resistito all'attacco di un demone — mi dice esaminando i graffi che mi percorrono collo, petto, clavicole e bruciano come braci ardenti.

— Lascia che ti aiuti — interviene Lorenzo, avvicinandosi a me.

Si concentra, percorre con le mani e le dita le ferite, passando i polpastrelli sulla pelle aperta e lacera.

Stringo i denti e sussulto.

— Lo so, fa un po' male.

Come sale su una ferita aperta.

Il dolore però lascia presto il posto a una sensazione di sollievo che si spande sulle ferite dalle mani del mio amico, fino a far praticamente svanire ogni traccia di dolore e ogni lacerazione.

— Grazie.

Guardo la superficie intatta della mia pelle, fino a pochi istanti fa percorsa da sfregi e squarci.

Lorenzo, esausto per lo sforzo compiuto, si volta verso Guglielmo e gli chiede: — Tu come sei ridotto?

Lui scuote le spalle, la ferita sulla tempia è poco profonda ma continua a perdere sangue, il collo è percorso da un graffio che lo attraversa da parte a parte e la pelle è cosparsa di lividi scurissimi, violacei come ombre.

— Forse qualcosa posso combinare.

— No, aspetta — lo fermo.

Mi guarda confuso, con gli occhi azzurri cerchiati di stanchezza.

— Ci penso io.

Spalanca le iridi ancora di più.

— Come?

— Lo faccio io — dico con convinzione.

— Va bene, angelo, io ti aspetto fuori con Paride, devo parlare ancora un po' con lui.

Si alza e ci lascia soli.

COME IL NOSTRO AMORE

Prendo dolcemente Guglielmo tra le braccia, e osservo la profondità delle ferite alla tempia e al collo.

Percorro le linee di pelle lacera con la punta delle dita, delicatamente, con il timore di fargli ancora del male. Disegno tratti sul suo viso, sulla tempia e sullo zigomo imbrattato di sangue, sporcandomi le dita. Percorro lenta il collo teso e graffiato, pulsante là dove le ferite sono aperte.

— Dimmi se ti faccio male.

— No, anzi è piacevole.

— Perché ti accarezzo o perché le ferite si stanno un po' rimarginando?

— Per tutte e due — ammette regalandomi un debole sorriso.

La ferita alla tempia va meglio ma il segno ancora fatica a sparire, continuo a ripercorrere i graffi, concentrandomi: non voglio che rimangano cicatrici sul suo volto e sul suo collo.

— Hai rischiato la tua vita per me.

Allontano le mani.

— Volevi che stessi a guardare? — sussurro, sforzandomi di controllare il tremore.

Poggia la sua mano sul mio viso, la tiene lì, tepore e dolcezza mi invadono la pelle.

La stringo tra le mie di mani e lo guardo dritto negli occhi, dritto nell'anima, scavo nel nero caldo e freddo come il mare alla luce della notte, scavo e cerco di vedere davvero a fondo, nella sua vera anima.

— Che restassi con le mani in mani mentre ti portava via per sempre? — mormoro. — Che potessi privarmi per sempre di questi occhi? Di questo sorriso?

— Adesso mi stai facendo male. Sentirti dire queste cose mi ferisce molto più di questi stupidi graffi. Non posso immaginarci divisi. Non posso più immaginare la mia vita senza di te.

Riprendo la mia cura cercando di ignorare l'emozione spaventosa che queste parole mi provocano. In lontananza avverto le voci di Lorenzo e Paride che discutono con toni pacati. Qui c'è solo silenzio: il solito silenzio che riusciamo a creare tra noi, non di imbarazzo o di vergogna, non da evitare, da riempire di parole vuote. Il silenzio che completa, che rasserena e rende tutto magico.

È sera inoltrata ormai, presto sarà buio, presto oggi sarà finito, eppure mi sembra così lontana la mattina.

Le ferite si rimarginano, il sangue non scorre più, resta qualche goccia, impressa sulla pelle e sui vestiti a ricordarci che non abbiamo sognato.

— Ho finito — mormoro. — Non credevo di esserne capace.

— Non credevi neanche di essere un angelo — mi dice lui sorridendo.

— E adesso che succede? Torneranno a prendervi? — chiedo, cambiando tono.

— Non lo so — dice sincero. — Ma ora non ci voglio pensare, devono solo provare a portarci via, devono solo provare a portarmi via da te.

Mi stringe forte e mi sfiora le labbra con le dita.

— Ti odio — mormoro esanime.

— Io no.

— Ti odio — ripeto. — Ti odio, ti detesto con tutta me stessa. So perfettamente che più tempo passa e meno riuscirò a fare a meno di te, ti odio!

— Vichi… te la ricordi la canzone dei Pink Floyd, vero?

— Sì.

— E tu, credi di poter distinguere il paradiso dall'inferno?

— In questo preciso istante la vedo un po' dura.

Riesco a farlo ridere.

È sera, siamo vivi, stiamo bene, siamo insieme, non c'è altro da dire.

— Grazie per avermi salvato la vita — sussurra soffocando le sillabe in un bacio.

— Grazie per avermela cambiata.

— Ti amo — mi dice pianissimo, come un pensiero che scivola via dalla mente. Lo dice sul serio, non me lo sto sognando, lo dice davvero.

Con la dolcezza, la paura, il tremore nella voce, a dimostrare che non è un gioco, non è un'illusione, non è una leggerezza.

La sera sembra più bella, sembra bellissima, unica. L'aria profuma di fiori, riverbera di colore, in un turbinio che dà alla testa.

Amore, il sentimento peggiore e migliore di tutti, il demone di Platone, il figlio della povertà e degli inganni, il compagno di Venere, nato con lei, che desidera la bellezza e desidera completarsi perché da solo non è nulla, che desidera volare e ha bisogno di due ali. Amore.

— Ti amo.

Amo un demone, amo un demone, io, che sono un angelo. Amo il mio opposto, il mio negativo, il mio veleno e il migliore dei miei antidoti.

Siamo il bianco e il nero, la luce e il buio, l'incubo da cui scappare e il sogno in cui rifugiarsi, tutto e il contrario di tutto, il bene e il male.

Il bene non abbraccia il male, non stringe le sue braccia intorno a lui, il male non accarezza la schiena del bene con le sue ali nere.

Non si salvano la vita a vicenda, non si regalano l'uno all'altra.

È sbagliato.

È impossibile.

Ma è vero, è reale.

Come il nostro amore.

INDICE